Angel
STADT DER TRÄUME

Nancy Holder

ANGEL

Stadt der Träume

Aus dem Amerikanischen
von Thomas Ziegler

Die Deutsche Bibliothek – CIP-Einheitsaufnahme

Angel. – Köln : vgs
Stadt der Träume / Nancy Holder
Aus dem Amerikan. von Thomas Ziegler. – 2001
ISBN 3-8025-2779-8

Das Buch »Angel – Stadt der Träume«
entstand nach der gleichnamigen Fernsehserie
(Orig.: *Angel*) von Joss Whedon und David Greenwalt,
ausgestrahlt bei ProSieben.

© des ProSieben-Titel-Logos mit freundlicher
Genehmigung der ProSieben Media AG

Erstveröffentlichung bei Pocket Books, New York 1999.
Titel der amerikanischen Originalausgabe:
Angel. City of
TM und © 2000 by Twentieth Century Fox Film Corporation.
All Rights Reserved.

© der deutschsprachigen Ausgabe:
Egmont vgs verlagsgesellschaft mbH, Köln 2001
Alle Rechte vorbehalten.
Lektorat: Gaja Busch
Produktion: Wolfgang Arntz
Umschlaggestaltung: Sens, Köln
Titelfoto: © Twentieth Century Fox Film Corporation 2000
Satz: Kalle Giese, Overath
Druck: Clausen & Bosse, Leck
Printed in Germany
ISBN 3-8025-2779-8

Besuchen Sie unsere Homepage im WWW:
http://www.vgs.de

Für Maryelizabeth Hart
und
Jeff Mariotte

In Liebe

*Für den Frieden, wo immer
er ihn finden mag*

———————

»Sie haben keine Vorstellung davon, wie es ist, all diese
Dinge getan zu haben, die ich getan habe, und es zu
bereuen.«

– Angel

Auf einem Dach, in den Schatten, stand Angel allein. Er
betrachtete das riesige Lichtermeer, zu dem die Stadt Los
Angeles geworden war. L. A.: eine glitzernde Matrix der
Hoffnungen und Träume und Wünsche, von denen einige
bald für die wenigen Glücklichen in Erfüllung gehen würden. Gute Dinge geschahen, doch nicht immer profitierten
die guten Menschen davon. Das Schicksal verteilte wahllos
seine Wohltaten. In dieser Nacht begannen Karrieren, ver-
liebten sich Menschen ineinander, wurden Babys geboren.
Manchmal schickte Gott seine Engel.

Aber manchmal wühlten sich unvorstellbare Schrecken
aus dem Untergrund und verschlangen die Unschuldigen.
Die Ungeheuer kamen und nahmen einen mit.

Man konnte kämpfen oder flehen oder beten, und sie
nahmen einen trotzdem mit. Man konnte gut sein und ehrlich und sich selbstaufopfernd vor seine Liebste stellen und
rufen: »Nehmt mich statt ihrer!«

Und so geschah es dann.

Angel stand auf dem Dach des glitzernden Wolkenkrat-
zers und wusste nicht, warum er nach Los Angeles zurückgekehrt war. Er hatte nur gewusst, dass er Sunnydale verlassen musste, die kleine Stadt auf dem Höllenschlund, den
die ursprünglichen spanischen Siedler auch *Boca del
Infierno* – Schlund der Hölle – genannt hatten.

Und für ihn war es in mehr als einer Hinsicht der Schlund zur Hölle gewesen. Buffy selbst hatte ihn zur Hölle geschickt, mit einem Schwert und einem Kuss.

Für sie würde er auf ewig zur Hölle fahren. Seine Sehnsucht nach der Jägerin, der einzigen Auserwählten ihrer Generation, hatte schließlich einen Punkt erreicht, an dem er Buffy Anne Summers mehr wollte als seine eigene Seele. Für eine weitere Nacht in ihren Armen war er bereit, sich auf ewig der Verdammnis auszuliefern. Nur um ihre Berührung zu spüren, ihr Seufzen zu hören …

Was war ein Jahrtausend der Qualen schon im Vergleich zu diesem einen kostbaren Moment der Glückseligkeit?

Die glitzernde Landschaft funkelte zu ihm herauf. Er schloss die Augen, als die Erinnerungen in ihm hochstiegen. Er hatte nicht erwartet, in dieser Stadt der Zukunft von der Vergangenheit überwältigt zu werden. Seine Nächte wurden von den lebendigen Bildern seines langen Lebens beherrscht; am Tag quälten ihn Fieberträume.

Er stand auf dem Dach und blickte hinunter auf die Stadt. Ein zufälliger Beobachter hätte vielleicht angenommen, dass er über den menschlichen Mahlstrom namens L.A. wachte.

Ein zufälliger Beobachter hätte vielleicht angenommen, dass er voller Energie war, doch in Wirklichkeit war er zutiefst erschöpft. Scheinbar Herr seiner selbst und dennoch von der Gnade mysteriöser Mächte abhängig, die er nicht verstand.

Angel wusste nicht, dass ihn jemand von einem anderen Dach aus beobachtete. Sein Name war Doyle, und was er sah, war – zumindest für ihn – so ziemlich das seltsamste Geschöpf, das man sich vorstellen konnte: ein Vampir mit einer Seele. Soweit er wusste, war Angel der einzige seiner Spezies, dessen Menschlichkeit wiederhergestellt worden war.

In Doyles Augen machte dies Angel zu einer schrecklich tragischen Gestalt.

Aber auch zu einem Helden.

Zu einem Opfer.

Und gleichzeitig zu einem Sieger.

Ein Mann mit einer Bürde.

Und einer Aufgabe.

Ein Mann, der, wenn er auf seine neue Stadt hinunter-
blickte, sicherlich darüber nachdachte, wie er gelebt hatte,
wie er gestorben war und wie in aller Welt er weitermachen
sollte.

Ja, wie in aller Welt, dachte Doyle.

»Ich kann gehen wie ein Mensch. Aber ich bin keiner.«

Das hatte Angel einmal zu Buffy gesagt.

Also, was bin ich?, fragte sich Angel. Was bin ich jetzt?

Er betrachtete die Stadt.

Er betrachtete sie bis zum Morgengrauen.

PROLOG

Eine andere Nacht.

Tausend andere Erinnerungen.

Los Angeles. Eine Stadt wie keine andere, dachte Angel. Und doch wie alle anderen.

Im Licht der untergehenden Sonne schimmerten die gläsernen Wolkenkratzer wie Hochglanzfotos, jene Sorte, die Talentagenturen im Dutzend an Castingbüros im ganzen Valley schickten: attraktive Gesichter mit strahlendem, glücklichem Lächeln. Kommt nur her. Ich habe, was ihr braucht, murmelte Angel vor sich hin.

Mit einem flüchtigen Lächeln erinnerte er sich an Buffys Entsetzen, als sie und ihre beiden besten Freunde, Willow Rosenberg und Xander Harris, in der Talentshow der Sunnydale Highschool auftreten mussten. Er hatte erlebt, wie sie ohne mit der Wimper zu zucken eine Bande von Vampiren in Staub verwandelt hatte. Aber wenn sie es mit einem typischen Teenager-Schreck zu tun bekam, verhielt sie sich, nun, wie ein typischer Teenager.

Angel fuhr mit seinem Kabrio durch die Straßen, um sich wieder mit L.A. vertraut zu machen. Zusammen mit dem übrigen Verkehr kroch er den Rodeo Drive, die Ultraluxus-Einkaufsstraße, hinunter. Zu seiner Rechten waren die berühmten weißen Statuen, vor denen sich die Touristen gegenseitig fotografierten, ein Stück weiter befand sich das Hotel, in dem Eddie Murphy in seiner Rolle als *Beverly Hills Cop* gewohnt hatte.

Die Kauflustigen – die echten – waren strahlende, gut aussehende Menschen. Die Paare, Mütter, Freundinnen, die in Gruppen von einem Geschäft zum anderen bummelten, trugen topmodische, perfekt sitzende Kleidung. Die meisten erweckten den Eindruck, als könne sie nichts aus der Ruhe bringen. Sie wirkten entspannt, ruhig und selbstsicher, und nichts an ihrem Verhalten deutete darauf hin, dass sie sich wegen irgendetwas Sorgen machten.

Ein paar Blocks weiter erstreckte sich Beverly Hills mit seinen riesigen, wunderschönen Häusern. Lucille Balls Anwesen war so groß, dass es gleich zwei Hausnummern hatte, und einige der palastähnlichen Residenzen waren in Filmen zu sehen gewesen – wie zum Beispiel das Greystoke-Herrenhaus. Andere waren echte Filmsets – wie das »Hexenhaus«, an dem er gelegentlich vorbeikam.

Für diese Leute war der Hollywood-Traum Realität geworden. Es passierte tatsächlich. Und manche von ihnen hatten mehr Ruhm und Reichtum erlangt, als sie es sich in ihren kühnsten Träumen erhofft hatten.

Unter dem bewölkten Himmel waren die Menschen auf dem Weg nach Hause. Die breiten Boulevards von Beverly Hills quollen geradezu über vor Range Rovers, Stretchlimousinen und Tourbussen. Der Verkehr war höllisch. Angel hatte gelesen, dass es in Südkalifornien mehr Mercedes Benz pro Einwohner gab als in jedem anderen Teil der Vereinigten Staaten. Nur die Einheimischen wagten es, links über die Fahrspuren abzubiegen, selbst wenn sie Grün hatten. Selbst wenn ihre Autos eine halbe Million Dollar wert waren.

Oder wenn sie, wie Angel, davon überzeugt waren, ewig zu leben.

Öffentliche Verkehrsmittel waren etwas für den Pöbel. Mit dem Auto war es nicht weit von Beverly Hills bis zum traurigen, schmutzigen Western Boulevard. Jeder Teenager, der schon einmal in einem High School-Theaterstück aufgetreten war, konnte per Anhalter von der höllischen Bushaltestelle zur nächsten Avis-Niederlassung fahren, einen Porsche mieten und versuchen, durch das berühmte Barocktor der Paramount-Studios zu brausen.

Er fuhr weiter nach Süden und erreichte eines der traurigen, üblen Viertel der Stadt. Hier war die Armut zu Hause.

Hier waren die Träume gestorben. Im Dämmerlicht flatterten einige verblichene Seiten des *Hollywood Reporters* gegen einen Maschendrahtzaun. Hip-Hop ließ die Fenster eines zweistöckigen, stuckverzierten Hauses erzittern, klirren und vibrieren. Kleine Kinder spielten Fangen zwischen Steppenläufern und verbeulten Kaliber 45-Dosen. Billy D's wurden sie genannt. Aber es lagen nicht viele davon herum, denn man konnte sie zu Geld machen. In dieser Gegend wurde alles Mögliche recycelt. Viele Dinge wurden gesammelt und gegen ein paar Münzen eingetauscht: Glas, Zeitungen, Blut und Freunde, gegen die ein Haftbefehl vorlag.

Angel hatte Verständnis dafür. Mit ein paar Münzen konnte man sich etwas zu essen kaufen: einen Taco, eine Dose Katzenfutter. Oder etwas zu trinken: eine Pepsi, eine Flasche Thunderbird. Oder als kurze Flucht aus dem Alltag: eine Kinokarte.

Eine Dosis Heroin.

Das waren die Angelenos, die in gewisser Hinsicht wie er waren. Isoliert. Misstrauisch. Sie glaubten, dass Freunde sie früher oder später verlassen würden, entweder weil sie sie enttäuschten oder weil sie starben oder im Gefängnis landeten. Wenn dein Freund dich nicht verletzt, dann verletzt wahrscheinlich du deinen Freund.

Also war es besser, keinen zu haben.

Es war besser, wachsam zu sein, immer auf der Hut, immer in Deckung, weil die Welt ein einziges gefährliches Minenfeld war.

In Angels Fall war jedoch er selbst das Minenfeld.

Letzte Woche war eine zehnköpfige Familie, die in einem einzigen Zimmer in Compton hauste, in einem Feuer umgekommen. Sie stammte aus Guatemala, und sechs von ihnen hatten die anderen unterstützt, indem sie schwarz, für die Hälfte des gesetzlichen Mindestlohns, in einem China-Restaurant gearbeitet hatten.

Die meisten Leute kamen nicht nach L.A. in der Hoffnung, das große Geld mit Drogenhandel zu verdienen. Sie wollten einfach nur welches verdienen, Punkt.

Aber manche wollten es auf die leichte, schmutzige Art machen. Crips. Bloods. Hell's Angels, die asiatischen Triaden, die japanische Mafia. Los Angeles war das pazifische Tor zur amerikanischen Verbrecherwelt. Kommt her, ihr Degenerierten, ihr Psychopathen, die ihr Millionen machen wollt.

Angel fuhr weiter nach Süden Richtung Culver City, wo Sony sein Studio hat. Es war eine gigantische Traumfabrik. Er hatte gehört, dass auf der anderen Straßenseite Atlanta für *Vom Winde verweht* niedergebrannt worden war. In Wirklichkeit waren alte Kulissen aus anderen Filmen in Flammen aufgegangen.

Immer wieder kam es an einem Set zu schrecklichen Unfällen: Stuntmen wurden verstümmelt, Schauspieler getötet. Wie in *Twilight Zone*. Wie in *The Crow*. Aber wie bei Flugzeugabstürzen erregten auch diese Geschichten nur deshalb so viel Aufsehen, weil sie von den Medien aufgebauscht wurden. Die meiste Zeit erledigten die Stuntleute ihre Jobs, ohne eine Schramme davonzutragen.

Unsterblich wie Angel.

Als sich die Dunkelheit über die Stadt legte, begann Los Angeles mit seinen Wachträumen. Die Mädchen, die im Tropicana als Schlammringkämpferinnen auftraten, träumten davon, einen reichen Mann zu finden, der ihre schäbige Vergangenheit ignorierte und sie heiratete, oder eine Rolle in einem Lowbudget-Horrorfilm zu bekommen. So etwas kam häufig vor, aber soweit Angel dies beurteilen konnte, veränderte es ihr Leben nicht auf Dauer.

Die Kellnerinnen und Verkäuferinnen auf der Melrose Avenue, wo schicke Boutiquen und riesige Buchhandlungen neben Fetischläden und Fastfood-Restaurants lagen, träumten davon, einen Manager zu finden, eine Sprechrolle zu bekommen und diese ungeheuer wichtige S.A.G.-Karte zu ergattern, ohne die man im Filmgeschäft nicht arbeiten durfte. Es passierte oft genug, sodass viele Kellnerinnen und Verkäuferinnen in der Hoffnung auf den großen Durchbruch nur Halbtagsjobs annahmen.

Die Studenten der UCLA-Filmschule träumten davon, der nächste Cameron oder Coppola zu werden. Es musste nur einmal in jeder Generation geschehen, um die Hoffnung am Leben zu halten.

Wo sonst konnte man davon träumen, in kürzerer Zeit, als man für einen Collegeabschluss brauchte, vom Parkplatzhelfer zum Regisseur aufzusteigen, der mit Cruise drehte? Es bedeutete nicht, dass man der Beste oder Talentierteste oder auch nur der Hartnäckigste war. Es bedeutete, dass man das meiste Glück hatte.

Los Angeles war eine Stadt, die vom Glück mehr besessen war als jede andere Stadt auf der Welt, Las Vegas, Reno und Atlantic City eingeschlossen.

Das war das Spannende daran. Es gab keine Möglichkeit, das Glück zu kontrollieren. Keine Möglichkeit, es zu umwerben. Keine Möglichkeit, ihm zu entkommen.

Das war der Grund, warum Los Angeles die Unglücklichen anzog, fallen ließ und auslöschte.

Aber es war auch der Grund, warum Los Angeles der großzügigste Quell für gutes Karma sein konnte: Reibe zwei Fünfcentstücke aneinander, knüpfe einen Kontakt hier, einen da – und schon bist du ein gemachter Mann. Jede Menge Geld, einflussreiche Freunde, eine Arbeit, die Spaß macht – auch das konnte einem in Los Angeles passieren.

Die Stadt hat hundert Gesichter, jedes anders, jedes verlockend, dachte Angel, während er weiterfuhr.

In den Armenvierteln wie Watts, Little Saigon und East L.A. sah er verängstigte Strichjungen mit einer Haut, die die Farbe von Kakaobutter hatte; Mädchen mit tiefroten Haaren und kalkweißen Gesichtern, die ihre Einstichmale, dick wie die Stängel schwarzer Rosen, verbargen, wenn ein Streifenwagen sich ihnen näherte.

Im angesehenen Hollywood versuchte die Polizei, die Straßen sauber zu halten. Aber auch dort fand man Herumtreiber jeglicher Couleur, die mit Flaschen in der Hand durch die Gegend torkelten und bettelten. Die Obdachlosen, die den Straßen zu einem schlechten Ruf verhalfen und alle Kartons in Beschlag nahmen, um in ihnen zu nächtigen. Die Junkies, die nicht mehr wussten, welche Klinik wann geöffnet hatte, und versuchten, sich vorbei am Portier auf die Toilette des wunderschön restaurierten Roosevelt Hotels zu schleichen.

Aber gleich neben den Glücklosen waren die energiegeladenen Aufsteiger mit ihren Handys und Palm Pilots, elegant gekleidet und stets bereit, die richtigen Namen fallen zu lassen: Steven, Leo, Angelina. Leute, die die richtigen Leute kannten.

Leute, die die richtigen Leute *waren*.

Endlose Gegensätze. Endlose Pracht und Verwirrung.

Los Angeles zieht die Menschen an. Die Menschen und andere Dinge. Sie kommen aus allen möglichen Gründen hierher. Mein Grund? Es begann alles mit einem Mädchen.

»Einem wirklich, wirklich hübschen Mädchen«, lallte Angel.

Er hatte ein Glas vor sich stehen und war mittlerweile auf Platz 1,8 in der Blutalkoholhitparade; umgeben von harten Trinkern, die ihn völlig ignorierten: die pulsierende Masse junger städtischer Erfolgsmenschen. Künstler aus den Lofts in Downtown, junge Leute aus der Medienbranche, Schauspieler ohne Engagement, die versuchten, ihre Sorgen in den Armen ihrer Freunde zu ertränken. Oder irgendwo anders. Sogar allein.

Die Stadt, die ihren 70-Millimeter-Traum träumte.

»Nein, ich meine, sie war ein heißes Mädchen«, fuhr Angel fort.

Niemanden in seiner Nähe kümmerte es, dass er Buffy die Vampirjägerin im wunderschönen Sunnydale-auf-dem-Höllenschlund geliebt hatte. Vielleicht, weil er ihnen nicht sagte, dass ihr Name Buffy Anne Summers und sie die Auserwählte war – das eine Mädchen in ihrer Generation, das dazu ausersehen war, die Vampire, Dämonen und Mächte der Finsternis zu bekämpfen.

Vielleicht, weil er nicht erwähnte, dass er sie zweimal fast getötet hätte. Und dass er, als er sie verließ, einen letzten, langen Blick auf sie geworfen, sich aber nicht von ihr verabschiedet hatte.

Es beeindruckte auch keinen, dass er einzigartig war, selbst unter seinesgleichen: Angel war der einzige existierende Vampir mit einer Seele. Eigentlich wäre das Grund genug für ein oder zwei Freibier gewesen.

Natürlich musste man fairerweise hinzufügen, dass niemand in der Bar wusste, dass er ein Vampir war. Wenn er nicht gerade auf die Jagd ging – oder richtig wütend wurde –, sah er wie ein durchschnittlicher hoch gewachsener, dunkelhaariger, wenngleich ungewöhnlich blasser südkalifornischer junger Mann aus. Gelegentlich war jemandem aufgefallen, wie kalt seine bleiche Haut war; was kein Zufall war, denn eigentlich war er tot.

Alle anderen Vampire waren Dämonen, die in der Hülle einer Leiche hausten. Die Seele des Verstorbenen war fort, vielleicht zum Himmel hinaufgestiegen. Wer wusste das schon? Angel war nur in der Hölle gewesen. In seinem Fall musste der Dämon in ihm die Gegenwart seiner Seele ertragen, was Angels Existenz weitaus komplizierter machte als die des durchschnittlichen Blutsaugers.

Einsamer, um ganz offen zu sein.

Und was den Spaß anging, war eine Sache sicher: Vampire konnten betrunken werden und wurden es auch. Angels Ex-Jagdgefährte Spike hatte in dieser Hinsicht Rekorde aufgestellt, als er versucht hatte, seine treulose Geliebte Drusilla zu vergessen. Und wie Spike überzeugend demonstriert hatte, wurden Vampire am nächsten Tag auch von einem Kater geplagt ... und hässlichen Verbrennungen, wenn sie in betrunkenem Zustand irgendwo eingeschlafen waren, wo am nächsten Morgen das Sonnenlicht hinfiel.

Aber die Verbrennungen heilten schnell. Es waren die anderen Wunden – jene im Innern, die man nicht sehen konnte, die länger brauchten, um zu verheilen.

Scheinbar ewig.

Ah, nun ja.

»Sie hatte ... ihr Haar war ... wissen Sie, irgendwie erinnern Sie mich an sie«, sagte Angel mit schwerer Zunge.

Der große schwarze Mann neben ihm reagierte nicht. Er trank einfach weiter.

»Wegen dem Haar, verstehen Sie? Ich meine, ihr beide habt tolles Haar.«

Er trank weiter.

Das Lachen einer Frau lenkte Angels Blick auf drei junge Kerle, die mit zwei gut aussehenden jungen Frauen Poolbillard spielten. Da war er wieder, der Stich in seinem Herzen. – Eine von ihnen sah ein wenig wie Buffy aus. Natürlich sah er Buffy überall. Er konnte ihr Gesicht an einer leeren Wand sehen, so wie andere Leute die Jungfrau Maria in einer Tortilla sahen.

Die Kugeln klackten, während sie spielten. Einer der Poolboys kam an die Bar und drängte sich neben Angel. Er hielt lässig einen Fünfziger in der Hand, als wäre es gerade mal ein Dollar. Bieratem und Aftershave kollidierten miteinander, als er zu dem Barkeeper sagte: »Wir wollen bezahlen.«

Angel grinste ihn an. »Die Mädchen sind nett.«

Der Mann warf ihm einen verächtlichen Blick zu, nahm sein Wechselgeld und ging.

Die Gruppe brach auf und drängte sich an Angel vorbei zum Ausgang. Angel drehte sich langsam auf seinem Barhocker und sah ihnen nach. Sobald er außerhalb ihres Blickfelds war, änderte sich sein gesamtes Verhalten. Seine Augen wurden kalt und entschlossen, und sein träger Gesichtsausdruck wurde ernst, konzentriert. Er war hellwach.

Sicher, Vampire konnten betrunken werden.

Aber Angel war stocknüchtern.

Er folgte der fröhlichen Gruppe nach draußen, ein Mann auf einer Mission, bis zum Parkplatz hinter der Bar. Die junge Frau, die gelacht hatte – die Buffy ähnlich sah –, redete aufgeregt auf Mr. Fünfzig-Dollar ein.

Sie sagte: »Ihr kennt wirklich den Türsteher und könnt uns ins Lido reinbringen?«

Der Mann zuckte die Schultern.

»Ich habe keine Lust mehr auf den Club.« Er legte einen Arm um sie, sah sie lüstern an und betatschte sie ein wenig. »Wir sollten die Party gleich hier steigen lassen.«

Er machte klar, was für eine Art Party er im Sinn hatte. Angel hielt sich weiter im Hintergrund, um im Notfall sofort eingreifen zu können. Er wusste schon seit mindestens zwei Stunden, was passieren würde. Er war bereit.

Der jungen Frau gefiel das Ansinnen ihres Bekannten überhaupt nicht. »He, *Pfoten weg*.«

»›He‹«, äffte der Kerl sie nach, »halt's Maul und *stirb*.«

Und genau wie Angel erwartet hatte, knurrte der Kerl und verwandelte sich in einen grässlich anzusehenden, gelbäugigen Vampir mit spitzen Reißzähnen. Er packte die Frau, während seine Kumpel sich ebenfalls verwandelten und ihre Freundin packten.

»'tschuldigung, 'tschuldigung, habter vielleicht mein Auto gesehen? Es ist groß und glänzend.« Angel sah sich dumpf um. »Warum tut es mir das immer an?«

Der Vampir mit dem Fünfziger hielt sich in den Schatten, als er Angel warnte: »Verpiss dich, Alter.«

Angel torkelte auf den Burschen zu. Er blickte zu dem Vampir auf und entdeckte trunkenes Entsetzen in dessen Gesicht. Stirnrunzelnd griff Angel in seine Manteltasche und zog eine Rolle Zahnseide heraus.

»Nein«, sagte er todernst zu dem Vamp, »ich will, dass du das hier nimmst.«

Der Vampir stieß die Frau zur Seite. Sie prallte mit dem Kopf gegen die Parkplatzmauer.

Reißzahn stürzte sich auf Angel, der entschied, dass es an der Zeit war, die Rolle des Betrunkenen aufzugeben. Er rammte ihm den Ellbogen unters Kinn und schleuderte ihn über ein Auto, als der zweite der drei Vampire angriff. Angel wirbelte herum und verpasste Angreifer Nummer zwei in der Drehung einen Tritt, um im nächsten Moment einen Schlag von Nummer Drei zu erhalten.

Angel und der dritte Vamp tauschten wuchtige Schläge

aus. Der Kampf war brutal, wild – und in dem Moment vorbei, als Angel den Vampir in einen Abfallhaufen schleuderte, wobei einige leere Obstkisten unter ihm zu Bruch gingen.

Die junge Frau hielt sich den blutenden Kopf, während sie zusammen mit ihrer Freundin wie gelähmt vor Entsetzen den Kampf beobachtete.

Der zweite Vampir kam wieder auf die Beine und griff an. Nummer drei folgte seinem Beispiel.

Angel wartete ruhig und wachsam ab, als sie sich von beiden Seiten auf ihn stürzten. Er hielt seine Hände hinterm Rücken und löste seine versteckten Waffen.

Zwei spitze Holzpflöcke, die mit Sprungfedervorrichtungen an seinen Handgelenken befestigt waren, schnellten in seine Hände. Er breitete blitzschnell die Arme aus und spießte seine beiden Widersacher gleichzeitig auf.

Ebenso gleichzeitig explodierten die beiden in einem schrillen Feuerwerk aus Staub.

Angel schob die Pflöcke zurück in die Halterungen. Er hörte Schritte hinter sich und fuhr herum, als sich der letzte noch lebende Vampir mit einer metallenen Mülltonne auf ihn stürzte und ihm diese ins Gesicht schmetterte. Der Schmerz war nicht so schlimm wie die Wucht des Aufpralls – zumindest redete er sich das ein –, aber er hatte das Gefühl, dass er sich noch mindestens eine Woche lang Metall von seinen Zähnen würde kratzen müssen.

Angel landete hart auf dem Boden, mit dem Rücken zu den beiden Frauen.

Jetzt wurde er richtig wütend.

»Das hättest du nicht tun sollen«, sagte er zu dem Mülleimervampir.

Sein Gesicht verwandelte sich in die Vampirfratze, als er seinen Angreifer packte. Der Kerl hatte offenbar nicht erkannt, dass Angel zu seiner Art gehörte – mit leichten Abweichungen. Aber er war jetzt sichtlich verwirrt, was Angel zu seinem Vorteil nutzte. Er schlug mit aller Kraft auf ihn ein, prügelte ihm jede Angriffslust aus dem Leib, bevor er ihn mit dem Kopf voraus gegen die Windschutzscheibe eines teuren europäischen Autos schleuderte. Das Monster verlor das Bewusstsein, während die Alarmanlage des Wagens losheulte.

Für einen Moment war das der einzige Laut, der zu hören war. Dann lief die junge Frau zu Angel.

»Oh, mein Gott, du hast uns das Leben gerettet«, sagte sie keuchend und zitternd.

Angel drehte den Frauen weiter den Rücken zu – jener, die gesprochen hatte, und ihrer Freundin, die wie Buffy aussah.

»Geht nach Hause«, sagte er barsch.

Aber die Frau ließ sich nicht abschrecken. Sie rannte hinter ihm her, während sich der Schock langsam bemerkbar machte.

»Sie waren … Oh, Gott … danke …«

Sie ergriff seinen Arm und zog ihn zu sich herum.

Er trug noch immer sein wahres Gesicht.

Sein Monstergesicht.

Blut quoll aus ihrer Kopfwunde und rann ihren Hals hinunter. Angels Vampirsinne reagierten darauf, führten ihn in Versuchung, lockten ihn, peinigten ihn.

»Geh weg von mir.« Für ihn war es ein qualvolles Flehen, aber nicht für sie.

Sie zuckte wie unter einem Schlag zusammen. Hastig wich sie zurück, ihre Freundin im Schlepptau.

Angel marschierte grimmig davon, als die beiden jungen Frauen in ihren Wagen stiegen. Ohne seine Schritte zu verlangsamen, zog er einen abgebrochenen Stock aus dem Abfall und pfählte den halb bewusstlosen Vampir auf der Kühlerhaube des Mercedes.

Angel verwandelte sich wieder zurück. Jetzt war er bloß ein weiterer Kerl, der durch die nächtlichen Straßen von Los Angeles lief.

Hinein in die Schatten.

Während er sich nur zu gut erinnerte … wie er hierher gekommen war, auf dieser langen, gewundenen Straße …

DER FALL

Galway, Irland, 1753

Angelus war in keiner guten Stimmung.

Um genau zu sein, war er in der denkbar schlechtesten Stimmung.

Sein Heimatdorf, das irische Dorf Galway, hatte nichts zu bieten, und für einen Gentry wie ihn schon gar nicht, Master Angelus, ältester Sohn der Familie und zu Tode gelangweilt.

Er stapfte grimmig durch die Straßen, ohne auf seine Umgebung zu achten. Die vielen Menschen in den Gassen waren ohne jede Bedeutung: Schuhmacher und Klatschbasen, alte Frauen, die die Unverfrorenheit besaßen, ihre langen Pfeifen auf der Straße zu rauchen. Barfüßige Kinder – es wimmelte geradezu von ihnen – sahen zu, wie der Korbmacher seine langen Gerten in den Lehm steckte, um einen neuen Muschelkorb zu flechten.

Ein Übermaß an Monotonie, ein Exzess des Gewöhnlichen. Angelus war überzeugt, dass die größeren irischen Städte – oder noch besser die englischen – Wunder bereithielten, die den Bewohnern der Kleinstädte und Dörfer vorenthalten blieben.

Sein Herz riet ihm, einfach wegzulaufen. Aber das war nicht möglich. Er konnte es sich nicht einmal leisten, sein Studium für einen einzigen Moment zu unterbrechen, um das Gesicht einer schönen Bauernmaid zu zeichnen. Sein Vater würde zweifellos wieder in Rage geraten und wissen wollen, was aus dem Unterrichtsgeld geworden war und dem Geld für den Karren, den er erstehen sollte.

Das Problem war, dass Taffy Maclise bei der Ehre seiner Anverlobten geschworen hatte, sein Pferd könne nicht verlieren, aufgrund der Tatsache, dass er dem Tier ein wunderbares neues Gebräu zu trinken gegeben habe, das ihm die Schnelligkeit von Merkur selbst verleihen sollte.

Betrug, mochten manche einwenden. Eine sichere Sache, hatte Taffy beharrt. Aber nicht sicher genug: Der Gaul war als Letzter durchs Ziel getrottet. Und dann verreckt, was die Sache auch nicht besser gemacht hatte.

»Und diese Nacht wird er seine Liebste, Brigid O'Donnel, mit einem anderen Mann im Bett vorfinden«, murmelte Angelus, während er hinunter zum Hafen schritt.

Dann lächelte er vor sich hin.

Und ich werde der Mann sein, der die liebe Brigid entehrt, dachte er, verwarf den Gedanken jedoch sogleich als unter seiner Würde. Sie war eine Lady und keines dieser gewöhnlichen Weiber, denen er so oft beigewohnt hatte. Selbst er hatte noch einen Rest von Skrupel.

Außerdem war sie dunkelhaarig, und er zog die blonden Frauen vor. Wie Bess, seine Favoritin, unten in Mistress Burtons Gesellschaftshaus, einem Ort, an dem sich ein anständiger junger Gentleman nicht sehen lassen sollte ... oder besser: nicht erwischen lassen sollte.

Hätte er ein Silberstück, würde er die Nacht dort verbringen. Er brauchte etwas Aufheiterung – einen gefüllten Bierkrug, eine Maid auf seinen Knien ... dann konnte selbst Galway erträglich sein.

Er war jetzt am Hafen angelangt. Der Gestank von Fisch hing in der Luft, stark und unvergesslich. Fischernetze und Masten erinnerten ihn an Spinnennetze und Spinnenbeine, die sich um ihn legten, um ihn später auszusaugen – sobald er mit der Schule fertig war.

Wenn es je eine Verdammnis gegeben hatte, dann trug sie den Namen Schule.

»Angelus, mein Junge!«

Es war Sandy Burns, Angelus' bester Freund, der gerade von den Fischerbooten kam. Der junge Mann war adrett nach der neuesten Mode gekleidet und bereits Aufseher der Fischereiflotte, die er eines Tages von seinem Onkel erben würde.

Angelus lächelte, winkte ihm zu und verlangsamte seinen Schritt, damit Sandy ihn einholen konnte.

»Es ist ein Segen, dass ich dich gefunden habe«, erklärte Sandy leicht außer Atem. »Dein Vater hat einen Brief vom alten Nicholl erhalten.« Damit war Paddy Nicholl gemeint, der Schulmeister. »Und er sucht nach dir mit einer Pferdepeitsche in der Faust.«

Angelus seufzte. »Daran habe ich nicht den geringsten Zweifel. Was bedeutet, dass ich heute Nacht nicht nach Hause kann.« Er lächelte seinen Freund an. »Hast du Geld, Sandy? Wir können bei Mistress Burton zu Abend speisen.«

Sandy lachte. »Daran hatte ich auch schon gedacht, Angelus! Ich habe etwas Geld, aber nicht viel. Lass uns spielen gehen und sehen, wie viel wir gewinnen können. Und dann kannst du deine Bess haben.«

»Einverstanden«, sagte Angelus lachend. »Ich habe ein Händchen fürs Faro. Ich spiele dieses Spiel wie ein Zauberer, ehrlich.«

»Sicher, das stimmt«, nickte Sandy. »Wir werden genug Geld haben, um uns alle von Mistress Burtons Mädchen zu kaufen.«

»Mir genügt Bess«, sagte Angelus.

»Ein Romantiker, und das in deinem Alter«, neckte Sandy ihn.

Die beiden Freunde gingen weiter.

Bei Anbruch der Dunkelheit waren sie nichts weiter als zwei Pechvögel. Zahlreiche Getränke und schlechte Wetten hatten Sandys ohnehin schon schmale Geldbörse geleert. Bess scharwenzelte um Angelus herum, aber er hatte keinen Penny in der Tasche.

Mistress Burtons Türsteher, Old Tim, warf die beiden jungen Männer kurzerhand hinaus und beschimpfte sie als Tagediebe.

25

Das war der Moment, in dem Angelus auf die Idee kam, das Tafelsilber seines Vaters zu stehlen. Sandy war sofort begeistert, und sie machten sich auf den Weg.

Aber dann zeigte bei Sandy der Whiskey seine Wirkung, und er legte sich auf die Straße, betrunken wie ein Erntehelfer am Zahltag.

Also wünschte ihm Angelus eine gute Nacht und wankte allein die Straße hinunter.

Dann sah er sie.

Sie war eine Lady, offenbar vermögend, nach der neuesten Mode gekleidet. Er konnte fast das Rascheln ihres Samt- und Seidenkleides hören.

Das Klimpern der Münzen in ihrer Handtasche.

Ihr melodisches Seufzen.

Sie schritt allein in eine dunkle Gasse. Er war ein Gentleman: Natürlich nur um ihre Sicherheit besorgt, folgte er ihr. Er schwankte ein wenig, aber sicherlich würde es sie nicht stören. Er war jung, und junge Männer tranken abends nun einmal.

Sie stand im Mondlicht und sah wunderschön aus. Eine blonde Frau in einem Ballkleid, das ihre wohl geformte Figur betonte.

Sein Herz machte einen Sprung, und er trat auf sie zu. Sie blieb an ihrem Platz und wartete auf ihn.

Er fragte sie, was eine Lady ihres Ranges an einem derartigen Ort ohne Begleitung zu suchen hatte.

Sie war scheu, sprach von Einsamkeit. Forderte ihn mit Worten und Blicken heraus, kühn zu sein.

Er nahm die Herausforderung bereitwillig an.

Und dann versprach sie, ihm die Welt zu zeigen, wenn er nur tapfer war. Er war wie hypnotisiert von der Lust und Leidenschaft, die sie verhieß.

Sie trat auf ihn zu und berührte seine Brust. Sein Herz hämmerte. Sie bat ihn, die Augen zu schließen.

Er tat es.

In diesem Moment verließ er Galway für immer. Er ließ die Welt hinter sich zurück.

Ihre Zähne fanden seinen Hals und rissen ihn auf, und sie trank ihn. Er war erstarrt, vor Schmerz wie gelähmt; er konnte sich nicht bewegen, nicht um Hilfe rufen, keinerlei Widerstand leisten.

Dann ritzte sie sich mit dem Fingernagel die Brust auf und zog sein Gesicht an ihren Busen. Zwang ihn zu trinken.

Zuerst musste er würgen. Jedoch der Geschmack ... da war etwas in ihrem Blut, ein Zauber, eine Macht. Sie war eine Fee, entschied er, ein Wechselbalg, eine Königin der Schattenwelt ... Sein junges Herz hämmerte; sein junger Körper bebte vor Erregung und Furcht und Entsetzen. Er wusste, dass ihm eine bittere und dämonische Gefahr drohte. Eine tödliche Gefahr, und wenn er nicht davon abließ, sie zu trinken, würde er mehr als nur einmal sterben: Seine Seele würde sterben.

Tief in seinem Innern wusste er es. Wusste es und trank weiter.

Und er wusste noch etwas anderes: dass sie, nachdem sie ihn getrunken hatte, an einem Punkt bereit gewesen wäre, ihn gehen zu lassen. Er spürte, wie sich ihr Griff ein wenig lockerte. Spürte, wie sich die spitzen Zähne von seiner Ader lösten. Es war seine letzte Chance. Das war ihm klarer als alles, was ihn Paddy Nicholl gelehrt hatte.

Aber seine Antwort auf die Bedrohung seiner Seele war, sie festzuhalten und sie zu drängen, ihn weiterzutrinken. Später redete er sich ein, dass er so gehandelt hatte, weil sie so schön und lieblich war; oder weil ihre Haut wie Alabaster war; oder weil ihr Parfüm ihn berauscht hatte. Dass sie ihn verzaubert hatte.

Ihr zu erlauben, ihn zu schänden, war eine gottlose Sache, aber es steckte *noch mehr* dahinter, etwas, das jenseits aller Schulmeister und Dirnen, aller Trinkgelage und Kartenspiele – jenseits aller Erfahrung – lag. Und das ließ ihn nur noch mehr danach gieren, dass sie weiter und weiter machte, bis seine Seele hinauf zum Himmel flog ... oder, wenn man seinem Vater glauben wollte, direkt hinunter zu den ewigen Feuern der Hölle.

Sein Vater hatte immer gepredigt, dass ein Mann sich seinem Schicksal stellen müsse. Wenn man zuließ, dass man körperlich verletzt wurde, dann bedeutete dies, dass man sich selbst verletzt hatte. Es war besser, daran zu sterben, als alt und tatterig zu werden und sich im Schlamm des Gewöhnlichen zu wälzen.

Und so schluckte er jetzt ihr Blut, trank es gierig, um zu beweisen, dass es seine freie Entscheidung war. Obwohl er nicht aufhören konnte zu trinken, redete er sich ein, dass er nicht aufhören *wollte*. Dass es sein Wille war.

Aber die Wahrheit, die ihm eines fernen Tages dämmern sollte, war die: Er konnte nicht aufhören.

Ihr Name war Darla, und sie verwandelte ihn in einen Vampir. Sie war seine Schöpferin.

In seiner neuen Welt der Schatten wurde sie zu seiner ständigen Begleiterin, seiner Geliebten, seiner verlockenden, düsteren Mätresse. Zusammen verbrachten sie die Jahrhunderte, jagten und spielten, und sie lehrte ihn die grimmige, wilde Lust, von der ihr Dasein als Vampire geprägt war. Eine endlose Welt von Nächten lag ihnen zu Füßen, und sie waren Zwillingskometen, die ihre Bahnen über Felder, Moore und weiße Klippen zogen und alles verbrannten, was sie berührten.

Was für ein Universum! Was für ein Wunder! Es war ein fantastisches Leben. Es war mehr, als er, ein halb gebildeter Junge aus Galway, sich in seinen kühnsten Träumen erhofft hatte, und es gab nichts, was er nicht für Darla tun würde, um ihre Großzügigkeit zurückzuzahlen.

Alles, um was sie ihn bat, war seine Gesellschaft, die er ihr mit Freuden leistete.

Sein Leben verwandelte sich in reine Ekstase.

Bis es in Trümmer zerfiel.

ERSTER AKT

»Eine Wahnsinnsstadt, Mann. Kübelweise Spaß, wenn man zu den bösartigen Kreaturen gehört. Für die Menschen ist es ein wenig hart. Sie wirken ein wenig verloren, abgestumpft und Schlimmeres. Jeder hat mit seinen eigenen Dämonen zu kämpfen.

– Doyle

Darla, meine Schöpferin.

Ich habe sie getötet, um Buffy zu retten.

Die schlimmste Sünde, die ein Vampir begehen kann. Dennoch habe ich nicht gezögert.

Angel hatte in den letzten Nächten häufig an Darla denken müssen. Er hatte entdeckt, dass ein Teil von ihm um sie trauerte. Er wusste, wie es war, verwandelt zu werden; und wie er sich früher schon hatte ins Gedächtnis zurückrufen müssen, hatte auch sie den tödlichen Kuss eines Vampirs gekannt und war durch ihn transformiert worden. Die Vampire, die durch die Nacht wandelten, waren Hybriden der Alten – der Dämonen, die die Welt vor dem Aufstieg der Menschheit beherrscht hatten – und der Menschen selbst. Darla war einst ein liebliches, blondes Mädchen gewesen.

Jemand wie Buffy.

Nein. Niemand war wie Buffy.

In Los Angeles machten die öffentlichen Geschäfte recht früh dicht. Trotz der Schreckensmeldungen in der Sensationspresse waren die Clubs, in denen die jungen Leute verkehrten, gegen Mitternacht ziemlich leer. Schauspieler mussten ihren Text lernen und bei Sonnenaufgang zum Make-up und Frisieren im Studio erscheinen. Der Rhythmus der Stadt drehte sich um »die Talente«, was nicht überraschend war.

Die reichen Global Players der Westküste – jene, die die Talente schließlich mit Barschecks versorgten – mussten über die Entwicklung der Finanzmärkte auf der ganzen Welt auf dem Laufenden sein – der Nikkei in Japan, der Bourse in Paris und der New York Stock Exchange, um nur einige zu nennen. Deshalb waren sie schon in aller Frühe auf den Beinen, um mit Aktien zu handeln und wertvolle Informationen zu sammeln. Wie ernstzunehmende, schwer arbeitende Stars aus der Unterhaltungsbranche gingen sie früh zu Bett und standen früh auf, mit dem Ergebnis, dass sie wohlhabend wurden.

Die späten Stunden gehörten jenen, die niemals auf das Klingeln eines Weckers hörten: Junkies, Ausreißer, Penner. Ebenso den Stripbars, den Spelunken und den Crackhäusern.

Angel ging an hohlwangigen Gesichtern vorbei und blickte starr geradeaus, so wie alle anderen. Er bog in eine Seitenstraße, die von alten Wohnhäusern und kleinen Bürogebäuden gesäumt wurde. Es hieß, dass Nathaniel West, der Autor von *Tag der Heuschrecke*, einst eine Zeit lang hier gewohnt hatte. Angel wusste nicht, ob es stimmte, aber er hatte das Buch gelesen. Es war eine harte, gnadenlose Abrechnung mit Hollywood und dem grotesken Leben der Erfolglosen, die nicht akzeptieren konnten, dass das Glück an ihnen vorbeigezogen war.

Er betrat ein altes Gebäude, das sich in einer Reihe anderer alter Gebäude befand. Im Erdgeschoss waren alte Büros, in den oberen Stockwerken Apartments. Das Haus hatte nichts Inspirierendes oder Bemerkenswertes an sich.

Er schloss eine Tür auf und trat ein. Das Büro gehörte zu seinem Apartment, aber er hatte keine Verwendung dafür. Er hatte kein Geschäft, keinen Laden. Nichtsdestotrotz gehörten ihm ein äußerer und ein innerer Büroraum. Natürlich war alles trostlos und ungepflegt. Es gab einen klapprigen Schreibtisch, einige Stühle und ein paar verstaubte Aktenschränke, die er in die Ecke geschoben hatte.

Er wusste nicht, wofür der Vormieter das Büro genutzt hatte, aber er hatte Gerüchte gehört, dass er ein Schwindelunternehmen betrieben und alten Leuten Aluminiumverkleidungen für ihre Häuser oder ähnlichen Unsinn angedreht hatte. Jedenfalls hatte er es billig mieten können.

Angel schob den Riegel vor und vergewisserte sich, dass er die Tür abgeschlossen hatte. Dann durchquerte er den Raum und betrat einen alten Aufzug.

Obwohl die anderen Apartments in den oberen Stockwerken lagen, fuhr er nicht nach oben. Angel lebte im Kellergeschoss, weit entfernt von der Sonne. Es schien, dass er, ganz gleich, wo er lebte, dazu verdammt war, einen Großteil seiner Zeit unter der Erde zu verbringen. Irgendwie treffend. Er fühlte sich in der letzten Zeit ohnehin mehr tot als lebendig.

Er wusste, dass viele der Toten verzweifelt waren. Andere wiederum wüteten gegen das Licht.

Nur wenige von ihnen waren echte, wahre Zombies, die blind herumstolperten, von einem Grab zum anderen, ohne ein Ziel vor Augen.

So wie er.

Die Aufzugtür öffnete sich und brachte für Angel weitere Erinnerungen an Sunnydale zum Vorschein. Sie waren überall in dem sauberen und ansonsten unpersönlichen Raum verstreut. Einige seiner Zeichnungen hingen zwischen den Gobelins und anderen Kunstwerken an den Wänden. In einer Schublade befand sich ein Stapel Fotos von Buffy und ihren Freunden mit der Bildseite nach unten, aber er wusste genau, was darauf zu sehen war.

Auf den Fotos lag eine Blume, die Buffy ihm einst geschenkt hatte. Sie war verwelkt, die Blütenblätter wirkten wie Asche.

In einem Bücherregal standen ein paar okkulte Bücher von der Sorte wie die, in denen auch Buffys Wächter Giles stundenlang blätterte, um der Jägerin zu helfen, ihren über-

31

natürlichen Widersachern immer einen Schritt voraus zu sein. Angel hatte außerdem einige Lehnsessel als Ersatz dafür, dass er niemanden hatte, an den er sich anlehnen konnte.

Waffen.

Er hatte jede Menge davon.

Er schlüpfte aus seinem Mantel und warf ihn über einen Sessel. Mit den halb bewussten Bewegungen von jemandem, der dies schon sehr oft getan hatte, löste er die beiden Springpflockvorrichtungen von seinen Unterarmen und legte sie auf den Tisch. Weitere Pflöcke, Messer und eine Streitaxt bedeckten die Platte.

Der Vampir lehnte sich an den Tisch, starrte die Waffensammlung an und dachte an den Ausdruck auf den Gesichtern der jungen Frauen, denen er das Leben gerettet hatte.

Dann dachte er an Buffy, die ihm eines Tages gesagt hatte, dass sie nicht einmal mehr bemerke, ob er wie ein Dämon oder wie ein Mensch aussah. Die ihn intensiv und leidenschaftlich geküsst hatte, ganz gleich, wie er aussah.

Buffy …

Diese Wunden … wann würde die Zeit sie heilen? Vielleicht würde er hundert Jahre schlafen müssen, bevor dies geschah.

Genau, und ein Jahrhundert lang nur von ihr träumen.

Die Träume der Jägerin wurden oft wahr. Was war mit den Träumen der Vampire?

Eine andere Erinnerung stieg in ihm hoch, und zwar die an Buffys Traum, dass Dru ihn eines Tages töten würde.

Er hatte sie damals in die Arme genommen und ihr versichert, dass selbst Jägerinnen ganz normale Albträume hatten und dass es niemals dazu kommen würde.

»Es war so real«, hatte sie ihm erklärt und den Traum so ausführlich geschildert, dass er das Gefühl hatte, ihn selbst geträumt zu haben:

Buffy schreckte aus dem Schlaf hoch. Sie öffnete die Augen, registrierte die Stille und machte die Lampe auf ihrem

Nachttisch an. Sie trank einen Schluck Wasser und stieg langsam aus dem Bett.

Tappte in ihrer blauen Samtpyjamahose und dem schwarzen knappen Oberteil durch den Flur zum Bad ...

Ah, da ist sie, dachte Drusilla, trat hinter die Jägerin und folgte ihr durch den Flur. Blut klebte an ihren Mundwinkeln, ein hübscher Kontrast zu ihrem schwarzen Kleid ...

... Buffy öffnete die Badezimmertür und betrat zu ihrem großen Erstaunen das Bronze.

Musik hallte gespenstisch von den Wänden wider, während lächelnde Paare auf sie zuglitten. Es gab keine Band. Der abgedunkelte Raum war mit goldenen Lichtpunkten gefleckt, und alle bewegten sich langsamer als normal. Buffy war verwirrt und hatte das Gefühl, unter Wasser zu sein. Und gleichzeitig hatte sie den Eindruck, ein Teil dieser unirdischen Szenerie zu sein, auch wenn das alles keinen Sinn ergab.

Dann sah sie Willow an einem hohen Tisch sitzen, auf dem eine Untertasse mit einer großen Tasse Kaffee stand. Neben ihr hockte ein Leierkastenaffe mit einer kleinen roten Kappe und einer Jacke in der gleichen Farbe. Nüchtern sagte Willow auf Französisch: »Das Nilpferd hat seine Hose gestohlen.«

Sie lächelte vergnügt und winkte Buffy zu, die unsicher zurückwinkte.

Verwirrt ging Buffy weiter.

Ihre Mutter stand an einem Pfosten und trank Kaffee aus einer Tasse, die wie Willows aussah. Als sie sie zu den Lippen hob, fragte sie ihre Tochter: »Glaubst du wirklich, dass du bereit bist, Buffy?«

Buffy runzelte die Stirn. »Was?«

Die Untertasse entglitt Joyces Hand. Sie fiel auf den Boden und zersplitterte. Als hätte ihre Mutter es nicht bemerkt, wandte sie sich mit ausdruckslosem Gesicht ab und ging davon.

Buffy ging weiter.

Sie war nun auf der Tanzfläche. Paare tanzten, umwabert von der seltsamen Musik, während Buffy allein durch den Raum wanderte.

Dann teilte sich die Menge.

Und dort war er.

Angel, dachte sie glücklich, als der dunkelhaarige, geheimnisvolle Vampir sie anlächelte. Ganz in Schwarz gekleidet, war er das Zentrum des Raumes. Sein Gesicht leuchtete, während er sie ansah; seine Anwesenheit ergab Sinn, inmitten all der Dinge, die keinen ergaben. Er war eine Verbindung, er war *die* Verbindung. Sie hatte das Gefühl, als würde er sie bereits berühren, während sie aufeinander zu gingen, mit ausgestreckten Händen.

Dann tauchte Drusilla hinter ihm auf. Buffy beobachtete entsetzt, wie ihm die Vampirin in den Rücken stach.

Buffy schrie: »Angel!«

Seine zitternde Hand streckte sich ihr entgegen, um vor ihren Augen zu Asche zu zerfallen.

Er hatte noch Zeit, sie anzusehen, mit schmerzerfüllten Augen – verlorene Liebe, voller Sehnsucht, so verloren – und dann explodierte er in einer Staubwolke.

Drusilla stand da, nun vollständig sichtbar, mit goldenen Augen, in denen Schadenfreude funkelte.

»Alles Gute zum Geburtstag, Buffy«, sagte sie und weidete sich an Buffys Entsetzen.

Soweit Angel wusste, war Dru noch am Leben. Nur weil der Traum noch nicht Wirklichkeit geworden war, bedeutete dies nicht, dass es nie geschehen würde.

Vielleicht würde ihm Dru nach Los Angeles folgen und ihn töten. Vielleicht war er deswegen hier.

Vielleicht holte die Vergangenheit einen früher oder später ein. Vielleicht war das der Grund, warum er keinen Bezug mehr zur Gegenwart hatte. Er ließ sich einfach treiben, verlor sich mehr und mehr in seinen Erinnerungen wie ein alter Mann.

Plötzlich spürte er, dass er nicht mehr allein war. Er drehte sich langsam um, in dem Bewusstsein, dass ihm ein ganzes Waffenarsenal zur Verfügung stand.

In der Tür stand ein junger, dunkelhaariger Mann mit eckigen Gesichtszügen und dunklen Augen. Er wirkte wie jemand, der annahm, dass er erwartet worden war.

Er sagte: »Nun, mir gefällt die Wohnung. Die Aussicht ist nicht der Rede wert, aber das Ganze hat etwas von einer netten Fledermaushöhle an sich.«

Er redete, als würden sie sich kennen. Er hatte einen irischen Akzent. Angel war auch Ire. Aber er konnte diesen Fremden beim besten Willen nicht einordnen.

»Wer bist du?«

»Doyle«, informierte ihn der Mann. »Nein, wir sind uns noch nie begegnet. Also kein Grund, verlegen zu sein.«

Angel runzelte leicht die Stirn. »Das bin ich auch nicht.« Er fügte hinzu: »Du riechst nicht menschlich.«

Der Mann – Doyle – war leicht pikiert. »Nun, das ist ein wenig *unhöflich*. Zufälligerweise bin ich sehr menschlich ...«

Er nieste und verwandelte sich dabei in ein blaues, schuppiges Wesen, um sofort wieder seine menschliche Gestalt anzunehmen.

»... mütterlicherseits. Jedenfalls komme ich uneingeladen, was dir beweisen dürfte, dass ich kein Vampir wie du bin.«

Er betrat das Zimmer und ging an Angel vorbei, angezogen von den Waffen.

Angel fragte: »Was willst du?«

»Ich bin geschickt worden«, erwiderte Doyle. »Von den zuständigen Mächten.«

»Von welchen zuständigen Mächten?«

»Das ist ja eine tolle Sammlung von Verbrechensbekämpfungsgeräten.« Doyle nahm einen Wurfstern in die Hand. »Ich kann nicht glauben, dass du wirklich damit umgehen kannst.«

Angel sah seinen ungebetenen Gast düster an. »Ich bin gern bereit, es dir zu beweisen.«

Doyle zuckte die Schultern. »Ich will dir mal was verraten, mein Freund: Ich bin ungefähr genauso glücklich, hier zu sein, wie du, mich zu sehen. Aber Arbeit wartet auf uns, und die Zeit ist knapp.« Er legte eine kurze Pause ein. »Lass mich dir eine Gutenachtgeschichte erzählen.«

»Aber ich bin nicht müde.«

Doyle ignorierte ihn. »Es war einmal ein Vampir, der war der gemeinste Vampir im ganzen Land. Alle anderen Vampire fürchteten ihn, so ein Bastard war er.«

Sein irischer Akzent ließ es wie ein Märchen klingen. Aber Angel wusste, worauf die Geschichte hinauslief. Er wusste, von wem sie handelte.

Von ihm höchstpersönlich, wie man im Alten Land zu sagen pflegte. Wie man wahrscheinlich noch immer sagte.

»Hundert Jahre lang mordet dieser Bursche und verstümmelt seine Opfer. Dann, eines Tages, wird er von Zigeunern verflucht. Sie geben ihm seine menschliche Seele zurück, und ganz plötzlich wird er von Schuldgefühlen gequält. ›Was habe ich getan‹, sagt er und ist ganz außer sich. So schmollt er die nächsten hundert Jahre vor sich hin ...«

Angel unterbrach ihn. »Okay. Ich bin müde.«

»Es ist eine ziemlich langweilige Geschichte«, stimmte Doyle nachdenklich zu. In diesem Moment schreckte Angel aus seinen Erinnerungen hoch.

»Ich habe das Gefühl, die Story könnte etwas Sex gebrauchen, und siehe da, das Mädchen kommt ins Spiel. Ein hübsches kleines, blondes Ding. Vampirjägerin von Beruf, und unser Vampir verliebt sich unsterblich in sie.«

Angel wollte, dass er aufhörte, sagte aber nichts. Es hatte keinen Sinn, Doyle zu verraten, dass er ihn getroffen hatte. Schon seit geraumer Zeit ließ er niemanden an sich heran.

Genau wie er in Manhattan niemanden an sich herangelassen hatte.

Bis auf diesen anderen Dämon, der aus demselben Grund zu ihm geschickt worden war. Zumindest nahm er das an.

Manhattan, 1996

Eine Ratte im Monat, das was alles, was Angel zu sich nahm. Er war halb wahnsinnig vor Hunger und Einsamkeit und wusste es nicht einmal.

Dann tauchte Whistler auf, in seinem billigen Anzug, der Angel irgendwie an Bowlinghemden erinnerte, mit dem komischen Hut und seinem Queens-Akzent. Whistler begann das Gespräch auf ausgesprochen charmante Weise:

»Gott, was bist du widerlich.«

Angel zuckte zusammen, denn er war es absolut nicht mehr gewöhnt, dass jemand mit ihm sprach. Schon wollte er zurück in die Schatten der Gasse kriechen.

»Diesen Geruch vergisst man nicht so schnell«, fuhr Whistler fort. »Du verbreitest den Gestank des Todes. Und du siehst aus wie ein verrückter Obdachloser.« Er schüttelte den Kopf. »Das gefällt mir ganz und gar nicht.«

»Lass mich in Ruhe.«

Whistler tat entsetzt. »Was willst du tun, mich beißen? O Schreck! Ein Vampir!«

Angel starrte ihn an. Er hatte keine Ahnung, wer dieser Kerl war oder woher er wusste, was Angel war. Aber er wusste es.

»Oh, aber du wirst mich nicht beißen, und zwar wegen deiner armen, gequälten Seele«, fuhr Whistler spöttisch fort. »Zu traurig, ein Vampir mit einer Seele. Wie ergreifend. Am liebsten würde ich mich auf der Stelle übergeben.«

»Wer bist du?«, fragte Angel.

»Genau genommen, ein Dämon. Aber ich bin kein böser Kerl. Nicht alle Dämonen sind auf die Vernichtung jeglichen Lebens aus. Jemand muss für das Gleichgewicht sorgen, verstehst du? Gut und Böse können ohne einander nicht existieren, Blablabla. Ich bin aber auch nicht gerade die gute Fee oder so. Ich versuche nur, alles im Lot zu halten. Oder klingt das vielleicht zu sehr nach Verteidigung?«

Angel hatte darauf keine Antwort. Doch Whistler hatte noch viel mehr zu sagen.

37

»Du könntest ein noch nutzloserer Nager werden, als du ohnehin schon bist, oder du könntest … jemand werden. Eine *Person*. Jemand, der zählt.«

Angels Stimme war voller Selbstverachtung.»Ich will einfach nur allein gelassen werden.« Das entsprach der Wahrheit. Dennoch fragte er sich unwillkürlich, wie dieser Dämon ihn gefunden hatte und was er von ihm wollte. Vielleicht, um sich selbst zu schützen, vielleicht auch nur aus egoistischer Neugierde. Er war sich über seine Motive nicht ganz im Klaren.

»Du bist seit – wie lange? – neunzig Jahren allein. Und was für ein beeindruckendes Bild du abgibst. Der Stinker.« Whistler rümpfte die Nase.

Diesmal war es Angel, der defensiv klang.»Du weißt nicht, was ich durchgemacht habe. Was ich getan habe.«

Whistler verdrehte die Augen und seufzte.»Du gehst mir auf die Nerven! Selbstmitleid hilft dir nicht weiter. Das ist langweilig.«

Obwohl Angel wusste, dass er dem widerwärtigen Fremden in die Hände spielte, fragte er ihn: »Was willst du von mir?«

Whistler war sichtlich erfreut über die Frage.»Ich will dir etwas zeigen. Es wird sehr bald passieren und wir müssen deshalb sofort aufbrechen. Ich werde es dir zeigen, und dann sagst du mir, was du zu tun gedenkst.«

Was er Angel zeigte, war Buffy, etwas jünger als zu dem Zeitpunkt, an dem sie sich richtig kennen lernen sollten. Zwar irgendwie anders, aber ansonsten ganz sie selbst. Sie war beliebt, umgeben von hübschen, oberflächlichen Mädchen, die ihre Klone hätten sein können. Sie schwatzten und kicherten und hatten nur Jungs und Klamotten im Kopf.

Bis Merrick auftauchte.

Merrick war Buffys erster Wächter gewesen. Der Mann hatte ihr von ihrer Bestimmung erzählt: Ein Mädchen in jeder Generation ist die Auserwählte. Sie und nur sie wird die Dämonen, die Vampire und die Mächte der Finsternis bekämpfen. Denn sie ist die Jägerin.

Sie hatte Merrick nicht geglaubt. Doch dann hatte er sie mit zu einem Friedhof genommen und ihr ein paar grundlegende Kampftechniken gezeigt. Noch in dieser Nacht hatte sie ihren ersten Vampir gepfählt.

Sie war spät nach Hause gekommen, ohne ihren Eltern Bescheid zu sagen, und hatte deswegen lügen müssen; und als sie im Bad stand, rannen Tränen über ihr Gesicht, während sie hörte, wie sich ihre Eltern stritten und sich gegenseitig vorwarfen, bei der Erziehung ihrer Tochter versagt zu haben.

Whistler sprach aus, was Angel dachte.

»Sie wird es nicht leicht haben, diese Jägerin. Sie ist noch ein Kind. Und die Welt ist voller unvorstellbar böser Dinge.«

Angel war tief besorgt. »Ich will ihr helfen«, sagte er ehrlich. »Ich will ... ich will jemand sein. Ich will helfen.«

Selbst in diesem Moment hatte Whistler nicht auf seine Sticheleien verzichtet.

»Sieh mal einer an. Sie muss wohl hübscher sein als die letzte Jägerin.«

Angel senkte den Blick. Er hatte in seiner Zeit als dämonischer Vampir Jägerinnen getötet und Whistler wusste das anscheinend.

»Es wird nicht einfach sein. Je mehr du in ihrer Welt lebst, desto mehr wirst du erkennen, wie fremd du ihr bist«, warnte ihn Whistler. »Und es ist nicht ungefährlich. Im Moment könntest du jedenfalls keine drei Runden gegen eine Fruchtfliege durchstehen.«

Angel nahm seine Beleidigungen widerspruchslos hin. Er wollte diesem jungen Mädchen helfen. »Ich möchte von dir lernen.«

»Okay.«

»Aber ich möchte mich nicht so kleiden wie du«, wandte Angel ein.

Whistler hatte leicht beleidigt reagiert. »Siehst du? Jetzt gehst du mir schon wieder auf die Nerven.«

»Und es geht gut«, rief Doyle, wodurch er Angel aus seinen Erinnerungen riss und ihn in die Gegenwart zurückholte. »Er macht etwas aus sich, bekämpft das Böse, aber dann, am Ende, geben sich die beiden der Fleischeslust hin, und er erlebt … nun, die gängige Bezeichung dafür wäre *das vollkommene Glück.*«

Er sah Angel an. »Und sobald unser Knabe dieses Gefühl erlebt, wird er wieder böse. Tötet wieder. Einfach ekelhaft. Und als er dann zum zweiten Mal seine Seele zurückerhält, sagt er sich, dass er sich nicht mehr in die Nähe der jungen Miss Babyspeck wagen kann, ohne sie beide in Gefahr zu bringen.«

Angels Gesicht blieb starr wie eine Maske. Er kannte diese ganze traurige Geschichte bereits. Seine Geschichte.

Seine und Buffys Geschichte.

»Also verschwindet er. Geht nach L.A., um das Böse zu bekämpfen und für seine Verbrechen zu sühnen. Er ist ein Schatten, ein gesichtsloser Champion der unglückseligen menschlichen Rasse. Hast du vielleicht ein Bier hier?«

»Nein«, sagte Angel tonlos.

Das nahm Doyle ihm nicht ab. »Du musst doch noch was anderes als Schweineblut haben.«

Er trat an Angels Kühlschrank und spähte hinein.

»Okay, du hast mir meine Lebensgeschichte erzählt, die ich, da ich dabei war, bereits kannte. Warum werfe ich dich nicht einfach hinaus?«, fragte Angel.

Mit leeren Händen schloss der Dämon den Kühlschrank.

»Weil ich dir jetzt sagen werde, was als Nächstes passiert. Dieser Vampir, er denkt, dass er hilft. Er bekämpft die Dämonen und hält sich von den Menschen fern, um nicht in Versuchung zu geraten.« Er machte eine Bewegung, die das gesamte Apartment umfasste. »Und büßt in seiner kleinen Zelle.«

Er ging zu Angel hinüber, ohne die Augen von ihm zu wenden.

»Aber er ist abgeschnitten. Von allem, auch von den Leuten, denen er hilft. Für ihn sind sie überhaupt keine Menschen, sondern nur Opfer, bloße Statistik.«

»Ich rette sie trotzdem. Was macht es da schon, dass ich nicht mit ihnen plaudere?« Seine Stimme klang schroff. Er hasste es, wieder in der Defensive zu sein. Aber er war irritiert. Und müde und ein wenig …

»Wann hast du zum letzten Mal Blut getrunken?«, fragte Doyle unvermittelt.

… entnervt.

Angel sagte nichts, wollte nichts dazu sagen.

Aber Doyle kannte die Antwort bereits.

»Es war sie. Deine Freundin, die Jägerin. Muffy, nicht wahr?«

Widerstrebend antwortete Angel: »Ich war krank. Lag im Sterben. Sie hat mir ihr Blut gegeben, um mich zu heilen.«

Und ich habe sie fast umgebracht, dachte er. Sie hatte so viel Blut verloren, dass ich sie ins Krankenhaus bringen musste. Ich habe sie fast ausgetrunken.

Doyle redete weiter. »Das hat dich wieder auf den Geschmack gebracht, nicht wahr? Nun, dieser Hunger wird zunehmen. Und eines Tages wird eins dieser hilflosen Opfer, die dich nicht weiter interessieren, zu appetitlich aussehen, als dass du der Versuchung widerstehen könntest. Und du wirst dir sagen: ›Was ist schon ein Mensch gegen die vielen, die ich gerettet habe? Warum soll ich diesen einen nicht trinken? Zahlenmäßig bin ich immer noch im Plus.‹«

Doyle starrte Angel vorwurfsvoll an, und Angel sah vor seinem geistigen Auge die junge Frau, die er in dieser Nacht gerettet hatte, sah, wie das Blut an ihrem Hals hinunterlief. Es stimmte, der Hunger war so stark gewesen, dass ihm schwindlig geworden war und er ihm fast nachgegeben hätte. Aber er hatte ihm widerstanden.

Tief in seinem Innern hatte er jedoch gewusst, dass eine Zeit kommen würde, in der er nicht mehr widerstehen konnte. Er hatte es in jenem Moment gewusst und er hatte es schon viel früher gewusst.

Manchmal wachte er aus einem Traum auf, in dem er Buffy trank.

Und wie schlimm wäre es erst, einen derartigen Traum hundert Jahre lang zu träumen? Eine Mischung aus Leidenschaft und Albtraum, aus dem es kein Erwachen gab?

Doyle wurde plötzlich munter. »Komm. Dieses ganze Gerede hat mich durstig gemacht. Lass uns eine Flasche Billy D besorgen.«

Kurze Zeit später verließen Angel und sein neuer Dämonenfreund das rund um die Uhr geöffnete Spirituosengeschäft. Doyle hatte eine Papiertüte mit einer Literflasche Starkbier in der Hand und gönnte sich einen großen Schluck.

»Ah, das ist ein guter Tropfen«, sagte er höchst zufrieden. »Du bekommst das Geld zurück. Ich bin nur diese Woche etwas knapp bei Kasse.«

Sicher, wahrscheinlich wie jede Woche, dachte Angel. Doyle fügte sich derart perfekt ins Straßenbild ein, dass Angel sich fragte, warum keiner der Dämonen, die ihm über den Weg gelaufen waren, auch nur ein wenig Klasse gehabt hatte.

»Also, was soll ich tun?«, wandte er sich jetzt an Doyle. »Ich nehme an, du bist gekommen, um mir eine Alternative zu bieten. Wie kann ich die Dinge ändern?«

»Du musst dich unter die Menschen mischen«, teilte ihm Doyle mit. »Ihre Gesellschaft suchen. Hier geht's nicht nur um Kämpfe und Waffen.«

Eine Bettlerin näherte sich ihnen, während Doyle mehr und mehr in dem Thema aufging.

»Du musst auf die Menschen zugehen, dich um sie kümmern, ihnen zeigen, dass es noch Hoffnung gibt auf dieser Welt ...« Er warf einen flüchtigen Blick auf die bettelnde Frau. »Besorg dir einen Job, du faules Stück«, herrschte er sie an. Dann wandte er sich wieder an Angel und fügte hinzu: »Du musst sie in dein Herz lassen.«

Er lächelte fast spitzbübisch. »Bekommst du jetzt kalte Füße?«

»Ich würde gerne wissen, wer dich geschickt hat«, entgeg-

42

nete Angel, ohne auf seine Frage einzugehen. Doyle zuckte die Schultern. »Ehrlich gesagt, ich weiß es selbst nicht genau. Sie sprechen nicht direkt mit mir. Ich habe Visionen, das heißt, schreckliche Migräneanfälle, die mit irgendwelchen Bildern einhergehen. Ein Name, ein Gesicht. Ich weiß nicht, wer sie schickt. Ich weiß nur, dass diejenigen weit mächtiger sind als du oder ich, und dass sie versuchen, für Gerechtigkeit zu sorgen.«

Das kam ihm bekannt vor. Es klang genau wie das, was Whistler ihm erzählt hatte. Dennoch war sich Angel nicht sicher, ob er Doyle die Geschichte abkaufen sollte.

»Warum haben die mich ausgesucht?«

Doyle sagte schlicht: »Weil du das nötige Potenzial hast. Und weil die Bilanz im Moment nicht gerade zu deinen Gunsten ausfällt.«

Richtig.

»Und warum dich?«

Der Dämon wurde plötzlich ernst. »Wir alle haben etwas, für das wir büßen müssen.«

Er versank in Schweigen. Angel wartete, doch er schwieg weiterhin, und Angel griff das Thema nicht wieder auf.

Dann wurde Doyle wieder ganz geschäftsmäßig und fischte einen Zettel aus seiner Tasche.

»Hatte heute Morgen eine Vision. Als der sengende Schmerz aufhörte, habe ich das hier notiert.«

Angel nahm den Zettel und las: »›Tina. Coffee Spot.‹«

»Hübsches Mädchen«, warf Doyle ein. »Braucht Hilfe.«

Gegen seinen Willen war Angel interessiert. »Hilfe wobei?«

Doyle zuckte die Schultern. »Das ist deine Sache. Ich bekomme nur die Namen.«

Angel runzelte leicht die Stirn. »Das versteh ich nicht. Wie soll ich wissen, was sie …«

»Du musst auf sie zugehen, schon vergessen?«, erinnerte ihn Doyle lebhaft gestikulierend. »In ihr Leben treten.«

»Warum sollte eine Frau, die ich noch nie gesehen habe, ausgerechnet mit mir reden?«

Doyle sah ihn entsetzt an. »Hast du in der letzten Zeit mal in den Spiegel gesehen?« Dann schien ihm einzufallen, dass Angel, da er ein Vampir war, kein Spiegelbild hatte. »Nein«, gab er sich selbst die Antwort, »ich schätze, das hast du wirklich nicht.«

Angel schwieg. Okay, er wusste, was er zu tun hatte. Aber trotzdem …

»Ich kann nicht gut mit Menschen umgehen.«

Doyle sagte: »Nun, genau darum geht es bei dieser kleinen Übung, nicht wahr? Du musst das Mädchen kennen lernen. Wenn du ihr helfen kannst, wird's für euch beide von Vorteil sein. Bist du dabei?«

Wobei?

Bei dem Spiel?

Dank der »zuständigen Mächte« und eines irischen Dämons mit einem schrecklichen Geschmack, was Bier betraf?

ERSTER AKT,
FORTSETZUNG

Nachdem Doyle gegangen war, schien die Nacht vorbeizurasen. Lichter verschwammen zu Schlieren, als Angel versuchte, einen Sinn in all dem zu erkennen, was geschehen war. Die Sonne stieg wie die Feuersäule eines Vulkanausbruchs zum Himmel auf, der Morgen glich einer Explosion, die ihn an die Art und Weise erinnerte, wie seine Artgenossen explodierten, wenn sie gepfählt wurden.

Er blieb zu Haus, während der Tag verstrich. Müde und erschöpft wie er war, kam ihm alles, was in der vergangenen Nacht passiert war, plötzlich unwirklich vor. Er erwartete halb, dass der Zettel sich auflösen würde, als er ihn für einen langen Moment studierte, um ihn anschließend auf den Nachttisch zu werfen.

Er erinnerte sich noch gut daran, wie er Buffy dazu überredet hatte, den Kampf fortzusetzen. Er war damals der Bote gewesen.

Ihr Doyle.

Sunnydale, 1997

Er hatte darauf gewartet, dass sie auftauchte. Seit Whistler Angel nach Los Angeles geführt und ihm Buffy Summers gezeigt hatte, hatte er auf ihre Ankunft gewartet.

In dem kurzen Jahr, das vergangen war, schien sie älter, reifer geworden zu sein. Oder vielleicht lag es auch nur daran, dass sie unglücklich war: Sie hatte angenommen, dass sie mit Los Angeles auch ihre Pflichten als Jägerin hinter sich gelassen hatte. Doch in Sunnydale – einem der stärksten mystischen Brennpunkte auf Erden – befand sich

45

ein Höllenschlund, der eine gewaltige, scheinbar endlose Zahl an Vampiren, Dämonen und diversen anderen Scheußlichkeiten anzog. Und alle waren auf einen Kampf mit der Jägerin versessen.

So wurde Buffy die letzte Chance auf ein normales Leben genommen, aber sie ließ es nicht widerstandslos geschehen.

Daraus ergab sich, dass sie bei ihrer ersten Begegnung mit Angel geradezu auf einen Kampf brannte.

Sie war zum Bronze gegangen, und er war ihr die ganze Zeit gefolgt. Er hatte das Gefühl, dass sie wusste, dass er da war, als sie abrupt in eine Seitenstraße bog. Er eilte ihr nach, nur um eine leere Gasse vorzufinden.

Er war völlig überrumpelt, als sie plötzlich hinter ihm auftauchte; sie hatte einen Handstand auf einem Rohr gemacht, das drei Meter über seinem Kopf verlief, und sich so seinen Blicken entzogen. Sie rammte ihn zu Boden, und obwohl er sofort wieder aufsprang, packte sie ihn und schleuderte ihn gegen die Wand. Erst als er die Hände hob, ließ sie von ihrem ursprünglichen Plan ab, ihn zu Brei zu schlagen.

»Gibt es ein Problem, Ma'am?«, hatte er gedehnt gefragt. Er war leicht amüsiert gewesen und sah, dass ihr das nicht entgangen war.

Er bemerkte auch ihren verstohlenen, prüfenden Blick; er konnte erkennen, dass ihr gefiel, was sie sah.

Nichtsdestotrotz war sie ganz die Jägerin, als sie barsch konterte: »Es gibt ein Problem. Warum verfolgst du mich?«

»Ich weiß, was du denkst«, begann er. Sie hielt ihn für einen Vampir. Nun, er *war* ein Vampir.

Aber das konnte er ihr nicht verraten, wenn er nicht sein Leben riskieren wollte.

»Aber keine Sorge«, fuhr er fort. »Ich beiße nicht.« Und das war die Wahrheit, schnörkellos … und ohne komplizierte Erklärungen.

Sie wich leicht verdutzt zurück.

Er beschloss, sie ein wenig zu reizen, einen Köder auszuwerfen, um zu sehen, ob sie anbiss.

46

»Um die Wahrheit zu sagen«, fügte er hinzu, »ich hatte mir dich etwas größer vorgestellt. Oder breiter. Muskulös und so weiter. Obwohl du natürlich ziemlich kräftig bist.«

Sie ging nicht darauf ein, und das beeindruckte ihn noch mehr.

»Was willst du?«

»Dasselbe wie du«, hatte er geantwortet.

»Okay, und was will ich?«

Im ernsten Ton hatte er daraufhin gesagt: »Sie töten. Sie alle töten.«

Es war eine klare Antwort gewesen, aber stimmte sie auch? Wollte er wirklich seine eigene Schöpferin, Darla, töten, als sie Buffy bedrohte? Sie rücklings pfählen und zusehen, wie sie sich fassungslos umdrehte und seinen Namen keuchte, bevor sie in einer Staubwolke explodierte?

Wollte er Drusilla töten, die er in den Wahnsinn getrieben hatte? Als sie und Spike in Sunnydale angekommen waren, hatte er ihr gesagt, sie solle verschwinden. Er hatte nicht versucht, sie zu töten. Er hatte sogar ihre Anwesenheit vor Buffy geheim gehalten.

Und als sich herausstellte, was sie beide wollten, er und Buffy – abgesehen von dem todbringenden Kampf gegen die Vampire, dem Pfählen und Köpfen –, als sie erkannten, dass sie sich liebten – wie einfach war das gewesen?

Jetzt stand er in seinem Apartment in Los Angeles und starrte den Zettel in seiner Hand an. Er konnte nicht tatenlos zusehen, so wie er auch nicht tatenlos hatte zusehen können, als Buffy berufen worden war.

Verdammt.

Sobald es dunkel wurde, setzte sich Angel in seinen Wagen und fuhr auf der 10 hinunter nach Santa Monica. Die Dauerkirmes am Pier war hell erleuchtet, das Riesenrad drehte sich fröhlich, und die Lichter schimmerten im Meer.

Als er an der nächsten Ampel hielt, lag links von ihm das Hilton. Er sah ein junges Paar in einem Geländewagen vor dem Eingang sitzen. FRISCH VERHEIRATET war mit Seife auf die Seite des Wagens gemalt worden.

Das Paar stieg aus. Sie waren unauffällig, aber teuer gekleidet – Leinen, Baumwolle, Seide –, und die Frau, eine langbeinige Blondine, trug einen Hut.

Sie blickte zu dem jungen Mann auf – ihrem Ehemann – und stellte sich auf die Zehenspitzen, um ihn zu küssen. Dann glitt ihr Blick an ihm vorbei zu Angel, und sie sah ihm direkt in die Augen.

Er blickte weg, um nicht aufdringlich zu wirken. Die Ampel sprang auf Grün, und er fuhr weiter.

Die junge Frau sah ihn noch immer an.

Es wird wohl kaum lange halten, dachte er.

Dann hatte er sein Ziel erreicht: den Coffee Spot. Es war ein elegantes, nettes Lokal. Das gefiel ihm. Wer auch immer diese Tina war, wenigstens arbeitete sie nicht in irgendeiner heruntergekommenen Imbissbude.

Er ging hinein. Es war kein gewöhnliches Café, eher ein richtiges Kaffeehaus. Die Angestellten trugen schwarze Hosen und weiße Hemden, und die Gäste waren kultiviert. Yuppies.

Angel bestellte einen Kaffee, zog sich in eine Ecke zurück und beobachtete das Geschehen. Ein Mann – seinem selbstbewussten Auftreten nach zu urteilen wahrscheinlich der Manager – redete mit einem hinreißenden Mädchen mit schulterlangen blonden Haaren. Das Mädchen sah frustriert aus, der Manager leicht zerknirscht.

»Tina«, sagte er, »ich muss da nach der Länge der Betriebszugehörigkeit entscheiden. Jeder will Überstunden machen.«

»Ich weiß. Ich brauche nur ...« Sie versuchte es mit einem anderen Argument. »Ich arbeite gerne auch Samstagabend, wenn jemand anders frei haben will. Ich bin sogar bereit, Doppelschicht zu machen.«

»Du stehst auf der Liste. Okay?« Er vertröstete sie.

Sie wusste es. »Danke«, sagte sie resignierend.

Sie griff nach einem Wischlappen und ging in Angels Richtung. Er trat vor, um sie anzusprechen.

Aber als sie ihn ansah, wusste er nicht, was er sagen sollte. Ich bin eingerostet. Ich bin zu lange allein gewesen.

Er wandte die Augen ab und schlürfte seinen Kaffee. Sie ging an ihm vorbei und wischte einen der Tische ab.

Dann fiel sein Blick auf einen Mann mit einem niedlichen gutmütigen Hund. Zwei junge Frauen blieben stehen, um das Tier zu streicheln.

Tina kehrte zur Theke zurück. Angel nutzte die Gelegenheit, bewegte sich auf den Hund zu und streckte die Hand aus, um ihn zu tätscheln.

»Was für ein hübsches kleines …«, begann er.

Tina, die sich in diesem Moment an ihm vorbeidrängte, hatte seinen Versuch, ein Gespräch anzufangen, nicht mitbekommen. Inzwischen wich der niedliche, gutmütige Hund vor Angel zurück, duckte sich und knurrte.

»… Hundchen«, schloss Angel lahm. Er kam sich unglaublich albern vor.

Ohne auf ihn zu achten, machte sich Tina daran, den Nachbartisch abzuwischen.

Angel nahm seinen ganzen Mut zusammen und versuchte es erneut.

»Habt ihr, äh, wie lange habt ihr geöffnet?«

Sie fuhr zusammen, blickte zu ihm auf und fragte: »Redest du mit mir?«

Dabei stieß sie versehentlich eine Tasse Kaffee vom Tisch. »Oh!«, rief sie.

Angel fing die Tasse auf, bevor sie auf dem Boden landete, und gab sie ihr.

»Wow.« Sie war beeindruckt. »Gute Reflexe.«

Angel nickte wortlos. Mann, ich bin wirklich nicht gut in so was, dachte er.

»Also«, begann er, »bist du … glücklich?«

Großartig.

Idiot.

»Was?« Sie war offensichtlich verwirrt, was nicht verwunderlich war. Aber jetzt war es zu spät, um einen Rückzieher zu machen.

49

»Du hast irgendwie … niedergeschlagen ausgesehen.«

Jetzt wurde sie nervös. »Hast du mich beobachtet?«

»Nein. Ich habe nur … dorthin gesehen …« Er wies hilflos mit der Hand in die Richtung. »Und du bist vorbeigekommen …«

Ihr Lächeln war aufrichtig. Ihre Belustigung ebenfalls. »Du bist nicht oft mit Mädchen zusammen, nicht wahr?«

»Es ist schon eine Weile her«, gestand er. »Ich bin neu in der Stadt.«

Ihr Lächeln verblasste. »Dann tu dir selbst einen Gefallen und bleib nicht.« Sie wandte sich ab.

Angel sagte: »Du hast meine Frage noch nicht beantwortet.«

»Ob ich glücklich bin?« Sie sah ihn an. »Hast du drei Stunden Zeit?«

Bingo.

»Sehe ich beschäftigt aus?«

Sie schwieg einen Moment und überlegte. »Ich habe um zehn Feierabend.«

Schließlich war es zehn geworden. Angel lehnte an seinem Wagen, als Tina herauskam. Sie trug ein hübsches Kleid und hatte einen großen Matchbeutel über die Schulter gehängt. Sie ging zielbewusst auf ihn zu.

»Ich habe plötzlich das Gefühl, nicht passend gekleidet zu sein«, sagte er etwas selbstbewusster als vorhin. Allmählich gewann er seine Sicherheit wieder. Manche Dinge verlernte man wohl nie so ganz. Rad fahren, den Umgang mit anderen Menschen …

Vermutlich.

Er fuhr fort: »Sollen wir irgendwo was trinken gehen oder …«

Sie hielt ihren Schlüsselbund hoch und bedrohte ihn mit einer Spraydose Reizgas. »Ich weiß, wer du bist und was du hier willst. Halt dich bloß fern von mir und sag Russell, dass er *mich in Ruhe lassen soll.*«

Das Reizgas konnte ihm nicht schaden, aber es würde

50

wehtun. Außerdem hatte er einen Auftrag. »Ich kenne keinen Russell«, erwiderte er.

Sie ließ kein bisschen in ihrer Wachsamkeit nach. »Du lügst.«

Im ernsten Ton sagte er: »Nein, ich lüge nicht.«

»Warum hast du mich dann da drinnen beobachtet?«

»Weil du einsam ausgesehen hast.« Er schwieg einen Moment. »Und deshalb dachte ich, dass wir etwas gemeinsam haben.«

Sie sah ihn lange an und senkte dann das Reizgas. Offenbar hatten seine Worte Wirkung gezeigt.

»Es tut mir Leid«, sagte sie. »Ich bin wirklich …«

»Ist schon okay«, sagte er beruhigend und er meinte es auch so. Es war okay.

»Nein, das ist es nicht …« Sie brach ab. »Ich habe eine Art ›Beziehungsproblem‹. Wahrscheinlich hast du dir das schon gedacht.«

Ein Fall für Batman, dachte er. Oder bin ich Della Reese?

Aber der Gedanke kam ihm sofort zynisch vor. Diese Frau hatte Angst. Sie brauchte einen Superhelden.

Oder zumindest einen Freund.

»Wer ist Russell?«, fragte er.

Sie schüttelte den Kopf.

Er hakte nach. »Ich würde dir gern helfen.«

»Die einzige Hilfe, die ich brauche, ist eine Fahrkarte nach Hause, was nicht bedeutet, dass ich dich um Geld bitte. Ich habe schon einmal … Geld angenommen.« Er wusste, dass sie das gedemütigt hatte. »Aber es wurde immer eine Gegenleistung verlangt.«

»Wo bist du zu Hause?«

»Missoula, Montana. Eine Menge offenes Land, eine Menge betrunkener Cowboys.« Das Heimweh in ihrer Stimme war laut und deutlich herauszuhören. »Ich bin hierher gekommen, um ein berühmter Filmstar zu werden, aber, äh, man hat mich nicht genommen. Allerdings habe ich in der Zeit einen Haufen komischer Leute kennen gelernt, weswegen ich auch bewaffnet bin.«

51

Er sah sie offen an. »Kann ich dir nicht verdenken.«

Sie sagte: »Du erinnerst mich irgendwie an die Jungs bei mir zu Hause. Nur dass du nicht betrunken bist.«

Todernst erwiderte er: »Ich berausche mich am Leben.«

»Ja, das ist ein echter Kick.« Sie lächelte ihn an und sah auf ihre Uhr. »Nun … ich muss jetzt auf eine phantastische Hollywoodparty gehen.« Sie deutete auf ihr Outfit. »Deshalb der Glamour. Das Mädchen, von dem ich es habe, schuldet mir Geld.«

Sie zögerte, als wäre sie nicht sicher, was sie sonst noch sagen sollte. Schließlich fiel ihr ein lockerer Abschiedsspruch ein.

»Nun, es war nett, dich bedroht zu haben.«

Oh, nein, ich lasse dich nicht gehen.

»Soll ich dich hinfahren?«

Sie dachte einen Moment nach. Dann kam sie einen Schritt näher.

»Wie heißt du?«, fragte sie.

»Angel.«

Er hatte das Gefühl, ihr weit mehr als das erzählt zu haben.

Es war ein exklusives Apartmenthochhaus, die Art gute Adresse, die in Los Angeles gleich bedeutend mit einer Menge Geld war. Leute, die es sich nicht leisten konnten, in derartigen Häusern zu wohnen, bezahlten oft Postagenturen dafür, dass diese ihnen die richtigen Straßennamen und -nummern als Adresse für ihre Visitenkarten und Briefpost zur Verfügung stellten, um so der Welt vorzumachen, dass sie es geschafft hatten. Es funktionierte oft genug.

Sie hielten auf dem gut bewachten unterirdischen Parkplatz und stiegen in einen Aufzug, der sie nach oben brachte.

Tina übernahm die Führung. Als sich die Tür öffnete, war eine Videokamera auf sie gerichtet. Die Frau, die sie in der Hand hielt, war Tina plus fünf Jahre hartes Leben. Mit ihren leicht gelockten braunen Haaren, den schmalen Augenbrauen und dem schlanken Hals erinnerte sie Angel – auf unangenehme Weise – an Jenny Calendar, der er vor zwei Jahren denselben umgedreht hatte.

Jenny war Computerlehrerin an der Sunnydale High gewesen. Wichtiger noch, sie war außerdem eine Technopaganin gewesen, die Giles bei seinem Kampf gegen die Mächte der Finsternis geholfen hatte – vor allem gegen jene, die ihr Unwesen im Internet trieben.

Giles und Jenny hatten sich ineinander verliebt, aber diese Liebe war in Gefahr geraten, als sie von einem Dämon besessen worden war, den Giles als junger Mann beschworen hatte. Damals hatte Angel ihr das Leben gerettet, indem er den Dämon gezwungen hatte, stattdessen in ihn zu fahren. Aber Angel hatte ihr dann später das Leben auch genommen. Und als ihn nun die Kamera wie ein anklagendes Auge anstarrte, wurde er von den Erinnerungen überwältigt:

Er war damals verloren gewesen ohne seine Seele, die ihm wieder entrissen worden war. Jenny war nicht nur eine Technopaganin, sondern auch eine Spionin, die von ihrer Zigeunersippe, den Kalderash, geschickt worden war, um ihn zu überwachen. Um sicherzustellen, dass er für die Verbrechen büßte, die er an ihrem Volk verübt hatte.

Denn wenn er auch nur einen Moment wahren Glücks erlebte, würde seine Seele erneut seinen Körper verlassen und er wieder in den reinen Zustand eines dämonischen Vampirs zurückfallen.

Und so war es auch gekommen: Er hatte dieses Glück gefunden – in den Armen von Buffy, in der Nacht ihres siebzehnten Geburtstags. Sie hatten sich einander hingegeben, nachdem Angel einen Claddagh-Ring an ihren Finger gesteckt hatte. Es war ihre Version einer Hochzeit mit anschließenden Flitterwochen gewesen.

Aber nach dieser Nacht hatte ihn der Fluch der Kalderash getroffen. Einer der brutalsten Vampire, der je existiert hatte – Angelus, der mit dem Engelsgesicht – war auf die Menschheit losgelassen worden.

53

Jenny hatte versucht, ihm seine Seele zurückzugeben. Sie hätte auch Erfolg gehabt, in jener Nacht, als er zu ihr gegangen war.

Sunnydale, 1998

Wie jeder ordentliche Computerfreak hatte Jenny Calendar den Rest der Welt vergessen, während sie an der Übersetzung der Annalen für die Rituale der Untoten arbeitete. Als sie in ihrem Klassenraum saß und auf das Keyboard einhackte, redete sie mit dem Monitor.

»Komm schon, komm schon«, murmelte sie.

Der Bildschirm tauchte ihr Gesicht in fahles Licht. Sie starrte noch eine ganze Weile auf den Monitor.

»Das ist es! Es scheint zu funktionieren. Es wird funktionieren.«

Sie drückte eine weitere Taste, rollte mit ihrem Stuhl zu dem altmodischen Traktordrucker und verfolgte, wie der Text ausgedruckt wurde.

Dann hob sie den Kopf und sprang entsetzt auf.

Angelus saß mit einem Lächeln auf dem Gesicht auf einem Pult. Er hatte sie seit mindestens zehn Minuten beobachtet.

»Angel.« Sie versuchte, ihre Panik zu unterdrücken, während sie langsam zurückwich. »Wie bist du hier hereingekommen?«

»Ich wurde eingeladen«, sagte er unschuldig, mit einem Schulterzucken, als bedürfe es keiner Frage. »Die Inschrift an der Schule. ›Intrate, omnes, qui formationem quaerunt‹.«

Jenny sagte atemlos: »Tretet ein, alle, die ihr Wissen sucht.« Er lachte leise und stand auf. »Was soll ich sagen? Ich bin ein Wissenssuchender.« Er streckte seine Hände aus und kam auf sie zu.

»Angel«, stieß sie verängstigt hervor. »Ich habe gute Nachrichten.«

»Das habe ich gehört.« Er klang, als würde er zu einem Kind sprechen. »Du warst im Esoterikladen einkaufen.«

54

Das Leuchten auf ihrem Schreibtisch zog ihn an. Er nahm die Kristallkugel und senkte seine Stimme. »Der Kristall von Thesulah. Wenn mich meine Erinnerung nicht trügt, dient er dazu, die Seele eines Menschen aus dem Äther zu beschwören und aufzubewahren, bis sie wieder in seinen Körper transferiert werden kann.«

Er hielt ihn hoch. »Weißt du, was ich an diesen Dingern am meisten hasse?«, fragte er in freundlichem Ton. Dann schleuderte er ihn gegen die Tafel, gefährlich nahe an ihrem Kopf vorbei. Jenny duckte sich und schrie, als er zerbarst und sie mit Splittern überschüttete.

Er lachte. »Sie sind so verdammt zerbrechlich. Muss an dieser schlampigen Zigeunerarbeit liegen.«

Er wandte seine Aufmerksamkeit dem Computer zu. »Mich erstaunt immer wieder, wie sehr sich die Welt in nur zweieinhalb Jahrhunderten verändert hat.«

Sie wich zurück und hoffte, dass er es nicht bemerkte. Sein scharfes Gehör registrierte das Klicken des Türknaufs, aber er wusste, dass die Tür verschlossen war.

»Es ist ein Wunder«, fuhr er mit großen Augen fort. »Du gibst das Geheimnis der Wiederherstellung meiner Seele hier hinein ...« Er packte den Computer und warf ihn auf den Boden. Der Monitor prallte auf das Linoleum und ging in Flammen auf. »... und es kommt hier heraus.« Er riss den Ausdruck aus dem Drucker. »Das Wiederherstellungsritual. Wow.« Er kicherte. »Das bringt Erinnerungen zurück.«

Er zerriss das Papier.

Jennys Augen weiteten sich. »Warte! Das ist deine ...«

»Oh. Meine ›Heilung‹?« Er lächelte entschuldigend, während er die Seiten weiter zerriss. »Nein, danke. Das habe ich schon einmal erlebt. Und ein Déjà-vu fände ich nicht besonders reizvoll. Heute ist wohl mein Glückstag.« Er hielt die Seiten über den brennenden Monitor. »Der Computer *und* die Seiten.« Sie fingen Feuer und Angel ließ sie fallen. Dann kniete er nieder und wärmte demonstrativ seine Hände über den Flammen. »Sieht aus, als hätte ich zwei Fliegen mit einer Klappe geschlagen.«

Sie wich zur nächsten Tür zurück. Aber dann drehte er sich zu ihr um, mit voll entwickeltem Vampirgesicht, und knurrte: »Und eine Lehrerin macht drei.«

Sie rannte zur Tür. Er sprang auf und holte sie mühelos ein. Sie schrie. Mit der übernatürlichen Kraft eines Dämons schleuderte er sie gegen die Wand. Sie prallte gegen die Tür, die unter der Wucht ihres Aufpralls aufsprang.

Langsam kam er auf sie zu. Ihre Stirn blutete, aber sie schnellte hoch, vor Angst keuchend, und floh den Korridor hinunter.

»Oh, gut«, rief Angelus drohend. »So bekomme ich wenigstens Appetit.«

Sie rannte um ihr Leben. Ihre Absätze klapperten, als sie das erste Paar Schwingtüren im Korridor erreichte. Dann lief sie nach rechts, an den Spinden vorbei zum Ausgang.

Die Tür war verschlossen.

Sie machte kehrt und sah seinen drohenden Schatten hinter den Glaspaneelen der Doppeltür. Sie wandte sich einem anderen Ausgang zu. Während sich ihre Arme auf und ab bewegten, rannte sie durch den überdachten Durchgang, warf einen Blick über die Schulter und sah, dass er sie langsam einholte, ein Spiel von Licht und Schatten auf seinem monströsen Gesicht.

Wie ein in die Enge getriebenes Tier floh sie zum nächsten Eingang in die Schule. Für ein paar erregende Momente glaubte Angelus, dass auch diese Tür verschlossen war, aber sie gab schließlich unter ihrem wilden Rütteln nach.

Sie hatte dadurch wertvolle Zeit verloren, und als es ihr schließlich gelang, die Tür zu öffnen, hatte er sie fast erreicht. Er knurrte wie ein Tier, das kurz davor ist, sich auf die Beute zu stürzen. In letzter Sekunde schlug sie ihm die Tür vor der Nase zu und rannte weiter.

Die hellen Leuchtstoffröhren an der Decke tauchten alles in ein kaltes, blaues Licht, während Jennys Vorsprung weiter schrumpfte. Dann stieß sie den Reinigungskarren des Hausmeisters in die Richtung ihres Verfolgers. Er prallte gegen Angelus und ließ ihn hart zu Boden stürzen.

Nach Luft schnappend warf sie einen Blick über die Schulter, während sie ein halbkreisförmiges Fenster passierte – Straßenlaternen und vorbeifahrende Autos, die nichts ahnende und gleichgültige normale Welt der nächtlichen Stadt – und prallte gegen ihn.

Sie war schnell.

Aber er war schneller.

Ihre Augen weiteten sich, als er seine eisigen Finger auf ihre Lippen legte und sie zum Schweigen brachte. Sein Gelächter war nicht menschlich. Sie konnte nicht sprechen. Konnte nicht blinzeln. Konnte nicht atmen.

»Tut mir Leid, Jenny. Für dich ist es jetzt zu Ende«, sagte er mit leiser, freundlicher Stimme. Und dann packte er ihren Kopf und drehte ihn ihr mit einem Ruck herum.

Ihr Genick gab ein interessantes Knacken von sich.

Ihr wohl geformter Körper landete auf dem Boden.

Ein wenig außer Atem holte Angelus ein paar Mal tief Luft und legte dann den Kopf zur Seite.

»Davon kann ich nie genug bekommen.«

Ohne die tote Frau eines weiteren Blickes zu würdigen, ging er davon.

»Lächelt für die Kamera«, befahl die Frau auf der Party. Dann fügte sie anerkennend hinzu: »Wer ist dieser große, dunkelhaarige, gut aussehende Mann?«

»Er ist ein Freund«, sagte Tina. »Margo, ich muss dringend mit dir reden.«

»Hol dir was zu trinken. Ich bin gleich wieder da«, sagte Margo leichthin.

Sie richtete die Kamera auf weitere eintreffende Gäste. Tina und Angel gingen zum Büfett. Es war von den Jungen und den Hippen umlagert, die hungrig versuchten, ihre Teller zu füllen, ohne dabei zu gierig zu erscheinen.

Tina deutete auf den Berg aus Partysandwichs, die zu Sternen geschnitten waren.

»Hübsch«, sagte sie. »Jeder ist ein Star.«

Angel kam zum Kern der Sache. »Wer ist Russell?«

Sie wirkte plötzlich verängstigt. »Das wird dich nicht interessieren.«

»Ganz im Gegenteil.«

Sie erwiderte: »Er ist jemand, dem ich irrtümlicherweise vertraut habe.«

Margo kam auf sie zu gerauscht und erklärte: »Da bin ich.«

Zu Angel gewandt sagte Tina: »Es wird nicht lange dauern.«

Margo lächelte den Vampir gewinnend an. »Ich würde den nicht lange allein lassen«, sagte sie gedehnt.

Die beiden Frauen gingen davon. Angel beobachtete, wie die trendig gestylten Gäste schwatzten und tranken und sein Unbehagen kehrte mit aller Macht zurück. Er kam sich fehl am Platze vor, und dieses Gefühl ermüdete ihn. Doyle wusste wahrscheinlich nicht, was er von Angel verlangt hatte.

Wie viel er von Angel verlangt hatte.

Plötzlich baute sich ein Kerl vom Typ gepflegter Geschäftsmann vor ihm auf. Der Mann war etwa fünfundvierzig und starrte Angel durchdringend an.

Er sagte: »Sie sind ein sehr, sehr schöner Mann.«

»Äh, danke«, sagte Angel verdutzt.

»Sie sind Schauspieler«, fuhr der Mann fort.

»Nein.«

Der Mann reichte ihm eine Visitenkarte. »Das war keine Frage. Ich bin Oliver. Sie können jeden nach Oliver fragen. Man wird Ihnen sagen, dass ich ein wildes Tier bin. Sie müssen mich nur anrufen, und schon bin ich Ihr Manager.«

Angel beharrte: »Ich bin kein Schauspieler.«

Oliver lächelte. »Sehr witzig. Ich mag Humor – ich mag Sie. Spelling plant einen Pilotfilm. Ich weiß nicht, worum es geht, aber Sie sind der perfekte Mann dafür. Rufen Sie mich an. Das ist keine Anmache; ich habe eine sehr feste Beziehung mit einem Landschaftsarchitekten.«

Oliver, das wilde Tier, rauschte davon. Angel war sprachlos. Er ließ die Karte auf dem Tisch liegen und wandte sich wieder den anderen Gästen zu.

Dann hörte er ein vertrautes Lachen.

Ein sehr vertrautes Lachen.

Neugierig bog er um eine Ecke. Und da war sie, in ein Gespräch mit einigen Männern in Anzügen vertieft: Cordelia Chase. Queen C.

Wie soll man Cordelia beschreiben? Das selbstsüchtigste, mutigste, narzisstischste Mädchen in Sunnydale? Cordelia war in behüteten, wohlhabenden Verhältnissen aufgewachsen und hatte vermutlich aufgrund dessen gelernt, dass es nur geringe Konsequenzen hatte, wenn sie sagte, was sie dachte. »Takt bedeutet nur, dass man nicht die Wahrheit sagt«, war eine ihrer Redensarten. »Ich mache da nicht mit.«

Als ein hinreißendes Mädchen mit dunklen Haaren und großen, tief liegenden Augen, einem ovalen Gesicht und vollen Lippen war Cordelia vom allerersten Schultag an der Fluch auf Buffys Leben in Sunnydale gewesen. Cordelia hatte sich mit Buffy angefreundet, ihr jedoch nie ganz verziehen, dass sie sich mit Xander Harris und Willow Rosenberg eingelassen hatte. Die zwei waren gesellschaftliche Außenseiter gewesen, aber treuere Freunde als sie konnte man nirgendwo finden. Beide hatten sich durch die Freundschaft zu Buffy prächtig entwickelt und an ihrer Seite gekämpft. Willow hatte sogar entdeckt, dass sie eine begabte Zauberin war.

Aber Cordelia? Hatte sie sich so wie die anderen verändert? Angel war sich dessen nicht sicher. Eine Zeit lang hatte es so ausgesehen, dank des extremen Opfers, das sie – in gesellschaftlicher Hinsicht – bringen musste, als sie offiziell mit Xander gegangen war. Aber dann hatte sie ihn beim Knutschen mit Willow erwischt und war wieder zu ihrem alten Selbst zurückgekehrt.

Als sie Angel kennen lernte, hatte sie sich zu ihm hingezogen gefühlt und diese Tatsache nicht verborgen. Nicht einmal zu dem Zeitpunkt, als sie seine wahre Natur erkannt hatte. Aber sie waren jetzt nicht mehr in Sunnydale. Es war seltsam, sie hier in dieser neuen Umgebung zu sehen.

Ob sich auch ihr Verhältnis zueinander geändert hatte?

»Oh, Calloway ist ein Schwein!«, sagte sie zu der Gruppe, die um sie herumstand. »Ich würde für ihn nicht einmal mehr lesen. Was glaubt ihr denn, wie Carrie die Rolle bekommen hat? Oh, *bitte.*« Sie verdrehte die Augen. »Der Grat zwischen Schauspielerei und Heuchelei ist sehr schmal. Außerdem ist sie sowieso zu alt. Es sollte jemand Neues sein, versteht ihr, eine Art junge Natalie Portman.«

»Cordelia«, sagte Angel.

Sie blickte zu ihm herüber und fuhr zusammen.

»Oh, mein Gott! Angel!«

Ihr Publikum begann sich zu zerstreuen, als sie zu Angel ging. Sie sah ihnen nervös nach, offenbar hin und her gerissen, aber irgendwie trug Angel den Sieg davon.

»Ich wusste nicht, dass du in L.A. bist. Wohnst du hier?«

»Ja. Und du?«

Sie strahlte. »Malibu. Eine kleine Eigentumswohnung am Strand. Es ist kein Privatstrand, aber ich bin jung, also kann ich's ertragen.«

Er freute sich für sie. »Und du bist Schauspielerin?«

»Es ist kaum zu glauben, nicht wahr?« Sie warf ihr Haar zurück. »Ich habe nur damit angefangen, um schnelles Geld zu verdienen, und dann – *bumm!* Es ist mein Leben. Eine Menge Arbeit. Ich versuche einfach, auf dem Teppich zu bleiben und mir das Ganze nicht zu Kopf steigen zu lassen. Und du bist immer noch« – sie machte Klauen und Fänge – »grrrr?«

»Ja.« Er zuckte die Schultern. »Leider gibt es kein Mittel dagegen.«

»Richtig«, sagte sie strahlend. »Aber du bist nicht böse. Du bist nicht hier, um ... du weißt schon, Leute zu beißen ...«

Er nahm ihr die Frage nicht übel. Schließlich hatte seine Vergangenheit eine eindeutige Jekyll-Hyde-Qualität.

»Ich habe nur eine Freundin hierher gefahren«, beruhigte er sie.

»Gut.« Sie zeigte ihre weißen Zähne, während ihre Augen leuchteten. »Ist das nicht eine tolle Party?«

»Fabelhaft«, nickte er und meinte ›eigentlich nicht‹.

Sie bemerkte es nicht, hörte es nicht heraus. »Also, wen kennst du?«, fragte sie. Als sie seinen abwesenden Gesichtsausdruck sah, versuchte sie es erneut. »Wen kennst du hier? Irgendjemand?«

»Nur Tina. Das hier ist nicht gerade meine Szene.«

»Nun ja, du bist der einzige Vampir hier.«

Angel konnte sich die Bemerkung nicht verkneifen. »Das bezweifle ich.«

Sie überhörte es einfach. Dieselbe alte Cordy.

»Nun, ich sollte mich jetzt besser wieder unters Volk mischen und mit den wichtigen Leuten reden«, sagte sie strahlend. »Aber es war nett, dich wieder zu sehen!«

Sie rauschte davon.

Tina tauchte wieder auf, doch sie sah nicht besonders glücklich aus. Dann wurde sie von einem bulligen Kerl – kantige Züge, buschige Brauen – in einem maßgeschneiderten Anzug abgefangen.

Das ist das Positive, wenn man schon so lange ein Vampir ist, dachte Angel. Ich hatte zu meiner Zeit ein paar großartige Outfits.

Der Kerl – eigentlich sah er wie ein Ganove aus – wechselte ein paar Worte mit Tina, worüber sie offensichtlich auch nicht besonders glücklich war. Dann legte er seine Hand auf ihren Arm, und sie wehrte ihn ab.

Sie ging zu Angel und sagte nervös: »Natürlich hat sie das Geld noch nicht. Können wir von hier verschwinden?«

Angel blickte zu dem Anzugtypen hinüber. »Wer ist das?«

»Nur ein Widerling. Können wir jetzt bitte gehen?«

Angel gehorchte. Sie wandten sich zur Tür.

Stacey sah ihnen nach. Als sie weg waren, zog er sein Handy aus der Tasche.

Sie hatte seinen Anzug nicht zerknittert.

Ein Punkt, der für sie sprach. Aber nur einer.

Tina holte tief Luft. In der letzten Zeit hatte sie Schwierigkeiten beim Atmen; entweder hielt sie die Luft zu lange an oder sie atmete so schnell und flach, dass es ihr auch nicht gut tat.

Sie hatte keine Ahnung, wie sie überhaupt in diesen Schlamassel hatte geraten können. Schrittchen für Schrittchen, rekapitulierte sie. Zuerst machst du eine Sache, die nicht ganz in Ordnung ist, und dann noch eine, und schon bald steckst du bis zum Hals drin.

Dann dämmert dir, dass du die letzten sechs Monate deines Lebens durch Treibsand gewatet bist.

Sie blickte zu Angel auf. Sein Profil hatte sich bereits in ihr Bewusstsein gebrannt. Seine Augen waren so dunkel, dass man sich in ihnen verlieren konnte. Er gehörte zu den Männern, die man nur ein oder zwei Sekunden sehen musste, um sie nie wieder zu vergessen. Dieses schwarze Haar, sein ganzes Auftreten. Wie ein Kämpfer, der wusste, dass er es mit jedem aufnehmen konnte, und der dennoch sehr wachsam war.

Da war etwas an ihm, eine Präsenz, eine Andersartigkeit. Es war offensichtlich, dass er seine eigenen Dämonen hatte. Er fühlte sich nicht wohl in seiner Haut. Aber ihn umgab eine Aura der Macht.

Montana war ihr nie so weit entfernt vorgekommen wie jetzt. Manchmal schien es ihr, als würde es nicht einmal mehr existieren. Als wäre ihr Zuhause etwas, das sie nur erfunden hatte, um sich besser zu fühlen.

Was würde ich jetzt für einen betrunkenen Cowboy geben, dachte sie und musste fast lächeln.

Sie wollte sich nicht einmal vorstellen, jemanden wie Angel in ihrem Leben zu haben. *Richtig* in ihrem Leben. So wie sie sich zur Zeit fühlte, war dieser Gedanke völlig abwegig.

Die Aufzugtüren glitten auf, und sie und Angel traten in das Parkgeschoss hinaus.

Als sie die drei brutal aussehenden Männer bemerkten, war es bereits zu spät.

Zwei von ihnen packten Angel und zerrten ihn in den Aufzug. Die Türen schlossen sich hinter ihnen.

Tina starrte den dritten Kerl an. Sie kannte ihn. Wusste, wer ihn geschickt hatte.

Es gab zwei Aufzüge. Die Türen des zweiten öffneten sich, und natürlich war Stacey in der Kabine.

Wieso habe ich mir nur eingebildet, ich könnte ihm entkommen?, dachte sie bedrückt.

Stacey sagte: »Er will dich nur sehen, das ist alles.«

»Okay«, sagte sie resignierend. »Kein Problem.«

Er wies auf einen BMW 750. Tinas Herz hämmerte, als sie gehorsam zu dem Wagen ging. Ihre Hände waren eiskalt.

Im nächsten Augenblick rannte sie los.

Ihre Absätze klapperten, als sie davonlief. Sie konnte ihre Verfolger hinter sich hören, konnte hören, wie sie aufholten. Sie floh zwischen die parkenden Autos.

Und dann waren sie bei ihr.

Hände packten sie von hinten und hielten sie trotz ihrer verzweifelten Gegenwehr fest. Es war der Kerl, der ihr den Weg versperrt hatte, als seine Kumpanen Angel zurück in den Aufzug gestoßen hatten.

»Lass mich los!«, schrie sie wild um sich schlagend. »*Lass mich los!*«

Sie warfen sie in den Wagen.

Und sie wusste in diesem Moment, an diesem Ort, dass sie sterben würde.

ZWEITER AKT

Im Parkgeschoss setzte sich der BMW in Bewegung. Der Mann, der Tina eingeholt hatte, saß am Lenkrad. Tina befand sich zusammen mit dem »Widerling« auf dem Rücksitz.

Die Aufzugtüren öffneten sich und Angel sprang heraus. Blitzartig machte er sich mit der Situation vertraut.

Seine beiden Angreifer lagen auf dem Boden und waren eindeutig aus dem Spiel. Keine große Herausforderung, aber wie es schien, hatten sie ihn lange genug aufgehalten.

Angel sah dem davonbrausenden BMW nach.

Ohne zu zögern, rannte Angel in die entgegengesetzte Richtung. Er hatte eine ungefähre Vorstellung vom Bauplan des Parkgeschosses und wusste, dass sie mehrere Schleifen ziehen mussten, um das Gebäude zu verlassen.

Um Zeit zu gewinnen, sprang er auf einen parkenden Wagen und rannte über die Autodächer. Er konnte den Motor des BMWs über das laute Poltern seiner Stiefel hinweg hören. Oder vielleicht war es sein Herz – das niemals schlug.

Er zwang sich, nicht daran zu denken, dass er stolpern oder herunterfallen und dadurch kostbare Zeit verlieren konnte. Er stieß sich mit aller Kraft ab, sprang über den letzten Wagen und landete zielsicher auf dem Fahrersitz – *los, Flitzer, los!* – des Kabrios …

… das nicht seins war.

Sein Wagen stand nicht weit entfernt, aber der hier war es nicht. Der, in dem die Schlüssel nicht steckten, weil der Besitzer, wie jeder andere Autofahrer in Los Angeles, sie mitgenommen hatte.

»Verdammt«, knirschte Angel.

Für mehr war keine Zeit. Er schwang sich aus dem Wagen und stürzte zu seinem eigenen Fahrzeug wie ein Kampfjetpilot bei Alarmstufe Rot.

Der BMW bog mit quietschenden Reifen um die Ecke und schoss Richtung Ausgang.

Angel hatte inzwischen sein Auto erreicht und ließ den Motor an. Dann drückte er das Gaspedal bis zum Anschlag durch und raste auf den BMW zu.

Der Fahrer des BMWs fuhr weiter. Angel wurde nicht langsamer, wich nicht aus, zuckte mit keiner Wimper.

Es sah aus, als würden beide es auf einen Zusammenstoß ankommen lassen.

Angel hatte keine Probleme damit.

Die Autos rasten aufeinander zu. Sie würden frontal aufeinander prallen, das Ganze war wie eine Art mörderisches Straßenkämpferduell. Angel wusste nicht, ob er mit dem Leben davonkommen würde, aber vermutlich würde er eher überleben als der andere Kerl. Er würde jedenfalls nicht ausweichen …

Koste es, was es wolle …

Die vorderen Stoßstangen berührten sich fast, als der andere Fahrer im letzten Augenblick das Lenkrad herumriss.

Der BMW schleuderte gegen die Betonwand und kam in einem Schauer aus Funken und knirschendem Metall zum Stehen. Angel hatte den Eindruck, dass nur die weltberühmte deutsche Wertarbeit verhindert hatte, dass der Wagen platt gedrückt wurde.

Angel war bereits zur Stelle, als der Fahrer ausstieg und eine Waffe zog. Er trat sie ihm aus der Hand und sie flog hoch in die Luft. Der Gangster blickte nach oben, Angel hämmerte ihm die Faust ins Gesicht, fing die Waffe aus der Luft auf und drückte sie dem anderen Kerl – Tinas unerwünschter Partybekanntschaft – an den Hals, als der vom Rücksitz sprang. Tina stieg ebenfalls aus.

Ihr Sitznachbar sagte: »Ich weiß nicht, wer du bist, aber du willst dich garantiert nicht in diese Sache einmischen, glaub mir.«

Angel ignorierte ihn. Er sagte: »Tina, steig in den Wagen.«
Sie tat es.

Der andere Kerl sah ihn verächtlich an. »Weißt du was?«, höhnte er. »Ich denke nicht, dass du diesen Abzug drücken wirst.«

Ohne auch nur eine Sekunde zu zögern, schlug ihm Angel ins Gesicht. Der Kerl ging sofort zu Boden.

»Guter Versuch«, sagte Angel.

Er schwang sich in seinen Wagen. Der Kerl auf dem Boden knirschte mit den Zähnen und starrte Angel hasserfüllt an.

»Nette Party, was?«, sagte Tina.

Angel antwortete: »Ein wenig zu nett für meinen Geschmack.«

Er legte den Gang ein und brauste davon. Er war wütend, vielleicht umso mehr, als er sich noch gut an eine Zeit erinnern konnte, in der er es gewesen war, der wehrlose Frauen wie Tina in Angst und Schrecken versetzt hatte. Und nicht nur das, er hatte sie in Ungeheuer verwandelt. In Ungeheuer, die weitere Ungeheuer schufen.

Und diese Ungeheuer brachten vielen Menschen den Tod.

Man musste nur einen Blick auf seine dämonischen Kinder werfen, Dru und ihren Liebhaber Spike, um zu erkennen, wie viel Schuld er auf sich geladen hatte.

Dublin, 1838

Es war Weihnachten, und der harsche Schnee lag hoch und gleichmäßig und begrub die Straße unter sich. Überall drängten sich Menschen, die ihren Einkäufen nachgingen, voller Vorfreude auf die Festtage. Chöre sangen und Waisenkinder bettelten. Zum ersten Mal berührten ihre froststarren Finger Münzen: Schließlich war es das Fest der Liebe.

Und dort kam er mit seinem hohen Hut und seinen verstohlenen Blicken. Daniel war sein Name, und er war ein

Feigling und Betrüger. Er schuldete Angelus Geld, sogar eine ganze Menge, und er hatte weiter auf Pferde gesetzt, die sich als Verlierer erwiesen. Angelus hatte erfahren, dass er seine kostbaren Familienerbstücke versetzt hatte und jetzt über keine nennenswerten Mittel mehr verfügte.

Daniel versuchte schon seit Wochen, ihm aus dem Weg zu gehen, war jedoch mit der Zeit immer nervöser geworden, und Angelus hatte ihm erlaubt, sich einzubilden, dass er ihm erfolgreich ausgewichen war. Es war amüsant, den Verfall des Burschen zu beobachten, und überaus vergnüglich, die fortschreitende Zerrüttung seiner Nerven mit anzusehen.

Natürlich konnte dies auch mit Daniels bevorstehender Hochzeit mit der Tochter einer Familie zusammenhängen, die erwartete, dass ihr Liebling in geordnete Verhältnisse einheiratete. Ein Wort über seine beklagenswerte finanzielle Situation, und Daniels Verlobte würde ihm im Handumdrehen genommen werden.

Aber für Angelus wurde das Spiel allmählich langweilig. Dennoch war sich Angelus seit jenem Weihnachtstag nicht sicher, was ihn dazu getrieben hatte, Daniel noch in dieser Nacht zu töten.

Nicht, dass es ihn sonderlich belastete. Es war lediglich … irritierend.

Daniel hatte um sein Leben gefleht, Angelus an seine Verlobte erinnert und versucht, die Rückzahlung der Schulden neu auszuhandeln. Angelus hatte dem Mann einen Funken Hoffnung gegönnt und dann seinen ganz persönlichen Weihnachtsschmaus genossen.

Darla hatte in einem wunderschönen weißen Pelzmantel mit bezaubernder Kapuze und Muff im Schnee gestanden, ohne dass ein Atemzug ihren blutroten Lippen entwichen wäre. Ihre Augen glitzerten wie Eis. Als Angel den sauberen weißen Schnee mit Blut besprizte, hatte sie ihn aus dem Schatten unter ihrer Kapuze angestrahlt.

»Bravo, mein Liebster«, hatte sie mit ihrer honigsüßen Stimme gesagt.

»Du bist also zufrieden?«, fragte er, während er sich mit dem Handrücken den Mund abwischte.

»Natürlich.« Sie schenkte ihm ein süßes Lächeln.

Sie war mit allem zufrieden, was Angelus tat.

Zumindest in jenen Tagen.

London, 1860

Aber selbst das harmonischste Liebespaar brauchte nach einem Jahrhundert des Zusammenseins eine Auszeit. Trotz der Nähe, der Intimität, des Glücks – jeder musste einfach einen Moment für sich allein haben, um wieder zu sich zu finden.

Sie trennten sich in aller Freundschaft und versprachen sich, nach einem Jahrzehnt zueinander zurückzukehren.

Zuerst vermisste Angelus Darla aufs schmerzlichste. Sie war seine Schöpferin und, offen gesagt, der einzige Vampir, den er gut genug kannte, dass sein Vertrauen sein Misstrauen überstieg. Nach jedem großen Abenteuer ertappte er sich bei dem Gedanken: Das muss ich ihr unbedingt erzählen.

So machte er es sich zur Gewohnheit, jede Einzelheit seiner Nächte niederzuschreiben; und er erkannte, dass er auf diese Weise in der Lage war, seine Erlebnisse im Moment des Geschehens auf eine tiefere Weise zu erfahren. Dies gab seinem Leben die Würze, die er vorher vermisst hatte.

Und so blieb er länger allein, als er geplant hatte. Fünfzehn Jahre, sechzehn.

Dann zwanzig.

Es mochte wahr sein, dass eine Trennung die Liebe im Herzen stärkte.

Aber nur, wenn man ein Herz besaß.

Als Untoter hatte Angel zwar ein Herz, doch es schlug nicht mehr.

Im fünfundzwanzigsten Jahr stellte er fest, dass er Darla immer weniger vermisste. Er hatte sich an das Alleinsein gewöhnt, reiste weit und mehrte seinen Ruf unter den

Mächten der Finsternis. Er wurde allgemein gefürchtet. Niemand wollte Angelus, der Geißel von Europa, in die Quere kommen. Es war erregend, um es vorsichtig auszudrücken.

Schließlich kam er nach London, der Stadt seiner Jugendträume, und sie war noch beeindruckender, als er es sich vorgestellt hatte. Natürlich war die ganze Welt beeindruckender als zu seinen Lebzeiten. Ein Jahrhundert war vergangen, und so viel war geschehen: Dampfmaschinen und der Telegraf waren erfunden, die Elektrizität entdeckt. Und so viele andere Wunder kündigten sich an.

Aber sie waren nichts im Vergleich zu dem uralten Wunder der Jagd. Zu der urtümlichen Lust am Töten.

Dem ewigen Fest des Bösen.

Zu dieser Zeit geschah es auch, dass Angelus den Beichtstuhl einer kleinen Kirche in Whitechapel betreten, einem katholischen Priester die Kehle aufgeschlitzt und ihn getötet hatte.

Er saß da, mit der Leiche des Mannes, die noch immer warm war, als er bemerkte, dass jemand die Büßerseite des Beichtstuhls betreten hatte.

Eine bebende Mädchenstimme erklärte, dass zwei Tage seit ihrer letzten Beichte verstrichen seien.

Und sie eroberte sein regloses, totes Herz im Sturm. Er gab sich als Priester aus und drängte sie zur Beichte. Bewegte sie dazu, ihm zu vertrauen.

Sie erzählte ihm, dass sie Visionen habe. Sie habe das Unglück vorhergesehen, das sich an diesem Morgen im Bergwerk ereignet hatte. Ihre Mutter war der Überzeugung, dass nur der Allmächtige selbst die Zukunft vorhersehen könne. Eine einfache Maid könne dazu nicht in der Lage sein ... sofern sie nicht vom Teufel selbst verflucht sei.

Seltsam bewegt und überaus amüsiert versicherte er ihr, dass ihre Mutter Recht habe. Sie sei eine Ausgeburt der Hölle und solle sich deshalb dem Bösen ergeben. Gottes Plan erfüllen, indem sie böse Taten begehe. Das arme Kind war verwirrt, aber sie war im Herzen ein gutes Mädchen, und gute Mädchen hörten auf ihre Priester.

So kam sie immer wieder zurück, um sich seinen schrecklichen Rat zu holen. Ihr Name, erfuhr er, war Drusilla.

Wie er es auch mit seiner eigenen Familie getan hatte, ermordete er all ihre Verwandten. Er riss ihren Freunden und einem Jungen, den sie hatte heiraten wollen, die Kehle auf.

Jeder, dessen Name sie gegenüber ihrem Beichtvater hinter dem Vorhang erwähnte, starb kurze Zeit später. Von ihrer angeborenen Verderbtheit überzeugt, floh sie in ein Kloster, und für eine Weile ließ er sie in der Obhut der guten Schwestern.

Dann, an dem Tag, an dem sie zur Nonne geweiht werden sollte, verwandelte er sie, wie Darla ihn verwandelt hatte.

Das war es, was sie unwiderruflich in den Wahnsinn trieb.

Jetzt gingen sie gemeinsam auf die Jagd, und im Laufe der Zeit stieß Darla zu ihnen. Dru verwandelte einen jungen Briten namens William der Blutige, und schon waren sie eine Horde. Ein Furcht erregender Clan, der aus den brutalsten Vampiren in der Geschichte bestand.

Angelus war ihr Anführer und der Wildeste und Gnadenloseste von ihnen. Er inspirierte sie dazu, ihre Opfer zu foltern und zu quälen. William verdiente sich den Spitznamen »Spike«, weil er die Angewohnheit hatte, Eisenbahnnägel in seine Opfer zu treiben.

Drusilla entdeckte, dass sie über die wundervolle Gabe verfügte, ihre Opfer zu hypnotisieren. Sie war wie eine Kobra, die den Blick ihrer zitternden, bebenden Beute bannte. Es war ein erhebendes Bild.

Für Angelus war es zutiefst befriedigend, dass sie seine Kreatur war. Ihre Fähigkeiten überstiegen die Darlas bei weitem, und sie erwies sich als unschätzbar wertvolle Hilfe.

Drusilla war seine glorreichste Errungenschaft, und es schmeichelte ihm, dass die meisten ihrer besonders sadistischen Taten zumindest teilweise auf sein Konto gingen.

London, 1883

Drusilla sah mit glänzenden Augen zu, wie Angelus mit Margaret schäkerte, einer hübschen jungen Magd. Drusilla trug ein elegantes Kleid aus leuchtend rotem Samt und eine Granatkette um den Hals. In ihrem Haar steckten Christrosen und Perlen, und Angelus sah in seinem Abendanzug stattlich und beeindruckend aus.

Die junge Magd – die dumme Gans – reagierte mit Unbehagen auf die Aufmerksamkeiten des Mannes, der Gast im Hause ihres Herrn war. Wie konnte eine Frau, ob sie nun eine Sterbliche oder eine Vampirin war, den Küssen und Zärtlichkeiten von Angelus, dem mit dem Engelsgesicht, widerstehen? Der Geißel von Europa, dem Schrecken der Mongolei …

… Drusillas Schöpfer und ihrer größten Liebe?

»Spike, sieh doch«, flüsterte sie, und Spike glitt an ihre Seite. Er fühlte sich in seinem eleganten Anzug nicht wohl; als Cockney hatte er sich noch immer nicht an die Regeln des Klassensystems gewöhnt. Es spielte keine Rolle, er war ihre andere große Liebe, und *sie* hatte *ihn* geschaffen.

»Spike, ist er nicht ein fantastischer Anblick?«, säuselte sie. »Er ist so souverän. So romantisch.«

Er knurrte. »Das macht er immer so«, klagte er. »Ihm geht es um den Nervenkitzel. Ich sage ihm, verpass ihr ein paar Schläge, zeig ihr deine Zähne und erledige sie dann. Er könnte sie zumindest ein wenig quälen. Aber er macht daraus immer diesen … diesen Tanz.«

»Es ist eine Frage der Eleganz«, beharrte Drusilla. »Er besitzt sie. Er verkörpert weit mehr die Oberschicht als wir.«

»Ha! Er ist Ire.« Spike schnitt eine Grimasse. »Jeder englische Bettler ist mehr wert als ein irischer König.«

»Gib Acht«, sagte sie leichthin. »Er wird dir die Kehle zerfetzen, wenn er dich hört.«

»Soll er's ruhig versuchen.« Spike berührte ihre Wange. »Ich wünschte, er würde es tun. Ich würde ihn töten, und dann hätte ich dich ganz für mich allein.«

»Zumindest bildest du dir das ein.« Sie funkelte ihn vergnügt an und lachte leise. Sie bewunderte sie beide, ihre zwei starken Männer. Es gab ihr das Gefühl, eine Herzogin zu sein, wenn sie darum stritten, wer ihr Gesellschaft leisten

72

durfte. Immer nur aus Spaß … oder zumindest taten sie so. Aber sie waren wie alle anderen Jungs: Sie prügelten sich aus Spaß, doch jeder hielt ein Messer hinter seinem Rücken versteckt für den Fall, dass die Sache ernst wurde.

Inzwischen flehte die Dienstmagd Angelus an, sie wieder auf das Fest zurückkehren zu lassen, aber er versperrte ihr den Weg. Sie bekam allmählich große Angst; Drusilla konnte ihre Furcht förmlich riechen. Sie konnte hören, wie das Herz der Frau das schmackhafte, warme Blut durch ihre Adern pumpte.

»Es ist köstlich«, murmelte Drusilla.

»Apropos köstlich – wenn er mit ihr fertig ist, wird es im ganzen Haus nichts Anständiges mehr zu trinken geben«, knurrte Spike. »Hast du die Bowle probiert? Was war da drin – Zuckerwasser und Milch? Der Champagner ist bereits alle.«

»Du hättest dir wie die anderen Männer nach dem Abendessen einen Brandy gönnen sollen. Angelus hat das getan«, fügte sie spitz hinzu.

»*Du* hast gesagt, dass du hungrig bist«, grollte er.

»Das war ich auch.« Sie lächelte süffisant. Sie hatte ihn unter einem Vorwand weggeschickt, und er war losgezogen und hatte ein junges Mädchen verschleppt, das an der Ecke Kastanien verkaufte. In der Zwischenzeit hatten sie und Angelus ein paar intime, zärtliche Momente auf der Terrasse genossen. So ging es in ihrer kleinen Familie nun einmal zu.

Drusilla hatte an dem Mädchen nur genippt, und Spike schmollte seitdem vor sich hin und beschwerte sich über die Mühe, die er sich gemacht hatte, um ihr eine anständige Mahlzeit zu besorgen. Mann, er war schlimmer als ein Marktweib.

»Nebenbei«, fügte sie tadelnd hinzu, »du trinkst viel zu viel Alkohol. Du hast vor deiner Verwandlung nicht halb so viel getrunken.« Sie strich mit ihren Fingernägeln über seine Wange. »Bist du nicht glücklich, Schatz? Weißt du nicht, wen ich am meisten liebe? Er ist doch bloß mein Schöpfer.«

»Ich glaube dir kein Wort«, zischte er, aber sie konnte die Hoffnung in seinen Augen sehen. Sie liebte seine Schwäche.

Langsam drehte sie sich und flüsterte: »Ich werde es wieder gutmachen, Spike. Tue ich das nicht immer?« Ihre Augen weiteten sich. »Ich höre Schlittenglöckchen. Oder sind das die toten Elfen und Engel, die den Weihnachtsmann anflehen, ihnen ihre Seelen zurückzubringen?«

»Es ist das Heulen der irischen Wölfe«, knurrte Angelus hinter ihr.

»Angelus«, rief sie entzückt.

Sein Mund war blutverschmiert. Drusilla zog ein Taschentuch aus dem Mieder ihres Kleides und machte sich daran, es wegzuwischen.

»Hör auf damit«, sagte Spike gereizt und an Angelus gewandt: »Wo ist die Leiche?«

»Ausgesaugt und weggeworfen«, erwiderte Angelus ungerührt.

»Das ist nicht sehr höflich«, schalt Drusilla ihn. »Spike hat Verzicht geübt, nur um mich glücklich zu machen. Und dann habe ich meine Mahlzeit so gut wie nicht angerührt.« Sie lächelte Spike liebevoll an, doch er lächelte nicht zurück.

»Mein Abendessen hat einen Sohn«, brummte Angelus.

Drusilla klatschte in die Hände. »Oh, zartes, frisches Fleisch«, sagte sie glückstrahlend zu Spike. »Siehst du? Er hat also doch an dich gedacht. Und du bist noch immer so mürrisch.« Sie nahm Spikes Wangen in die Hände. »Es ist Weihnachten, Schatz. Sag ›Frohe Weihnachten‹.«

Spike funkelte Angelus an.

Angelus funkelte zurück.

»Frohe verfluchte Weihnachten«, stieß Spike mit zusammengebissenen Zähnen hervor.

Drusilla freute sich. »Das ist die richtige Einstellung.«

Cordelia wusste, dass sie keine Eigentumswohnung in Malibu hatte.

Sie hatte nicht einmal eine Eigentumswohnung.

Sie hatte ein deprimierendes, mieses Apartment in einem deprimierenden, miesen Apartmenthaus.

Doch das Kleid war atemberaubend.

Und Cordelia pflegte es mit Hingabe. Sie bügelte es nach jeder Party und hängte es sorgfältig in ihren abgewetzten Kleiderschrank.

Sie hatte gelernt, wie man hübsche Kleider pflegt, seitdem sie beim Einkauf auf die Preisschilder achten musste. Nachdem ihre Eltern ihr ganzes Geld verloren hatten, weil sie sich nie die Mühe gemacht hatten, der Regierung ihren Anteil zu geben.

Folglich gab es kein Geld fürs College, nicht einmal Geld für das Abschlussballkleid – *ausgerechnet* Xander hatte ihr Abschlussballkleid bezahlt. Das war das Schlimmste überhaupt gewesen, obwohl sie inzwischen zugeben musste, dass genau das von ihm zu erwarten gewesen war.

Kein Geld für irgendetwas, nicht einmal für Träume.

Sie saß auf ihrem schmalen Bett und drückte die Playtaste ihres Anrufbeantworters.

»Sie haben eine neue Nachricht«, kam die Stimme vom Band.

Sie hörte sie sich an.

»Cordy, hier ist Joe von der Agentur. Wieder kein Glück. Ich habe Schwierigkeiten, dich für Vorsprechproben zu buchen. Die Networks sagen, sie haben genug von dir gesehen. Was bedeutet, dass es an der Zeit ist, für eine Weile abzutauchen, damit sie dich vergessen … also ruf nicht an. Du weißt, es hat keinen Sinn. Ich melde mich bei dir, wenn sich irgendwas Neues ergibt. Bis dann.«

»Sie haben keine weiteren Nachrichten«, kam erneut die Stimme vom Band.

Cordelia saß einen Moment lang einfach da. Dann griff sie nach einer Serviette, wickelte sie aus und brachte zwei sternförmige Sandwichs von der Party zum Vorschein. Ihr Abendessen.

Sie hob eins zu ihrem Mund, nahm einen Bissen und kaute bedächtig.

75

Die Stadt vor ihrem Fenster wirkte düster. Sie konnte sich nicht erinnern, sich jemals so hoffnungslos gefühlt zu haben. Okay, abgesehen von der Zeit, als sie und Buffy im Keller eines Verbindungshauses angekettet gewesen waren und dieser Reptiliengott Machida versucht hatte, sie zum Abendessen zu verspeisen.

Ganz zu schweigen von der Zeit, als ihr angeblich toter Freund Daryl seinen kleinen Bruder fast dazu gebracht hatte, ihr den Kopf abzuschneiden, um ihn à la Dr. Frankenstein mit anderen Leichenteilen zu einer neuen Freundin zusammenzusetzen.

Oder an Halloween, als alle außer ihr ein wenig den Verstand verloren hatten (ein wenig? *völlig!*), und Buffy in dieses widerwärtig zimperliche Mädchen verwandelt worden war.

In eine Art Zweitausgabe von Cordy.

Entschlossen verzehrte sie das zweite Sandwich und griff dann nach ihrem Buch mit dem Titel »Schauspieler und Vorsprechproben«.

Während sie sich pflichtbewusst ihrer Lektüre widmete, knurrte ihr Magen vor Hunger.

»Hör auf damit. Wie unhöflich«, murrte Cordelia, den Tränen nahe.

Sie waren in Angels Apartment.

Tina kam aus dem Badezimmer. Sie trug jetzt ein T-Shirt zu der schwarzen Hose, die sie bei ihrem Kellnerjob getragen hatte, und legte ihr Partykleid in den großen Matchbeutel.

»Mein Pfadfindertraining«, erklärte sie. »Allzeit bereit. Ich könnte notfalls tagelang aus meiner Tasche leben.«

Sie war Pfadfinderin, dachte Angel traurig. Wahrscheinlich hat sie auch Ballettstunden genommen und auf Pyjamapartys über Jungs gelacht.

Vor ein paar Leben.

»Gut«, sagte er. »Denn du kannst nicht in deine Wohnung zurück. Du kannst hier bleiben.«

»Ja.« Sie warf einen Blick auf das Bett. »Ich schätze, jetzt kommt der Teil, wo du mich trösten willst. Nicht, dass du es dir nicht verdient hättest.«

Sie sah ihn durchdringend an und schien Mühe zu haben, ihre Selbstbeherrschung zu bewahren.

Als er sich ihr näherte, verspannte sie sich.

Er sagte: »Nein. Das ist der Teil, wo du an einem sicheren Ort bist, während wir versuchen, eine Lösung für deine Probleme zu finden.«

Ihr Gesicht verriet Verwirrung. »Du willst nicht …?«

»Du hast schon genug Leute kennen gelernt, die dich nur benutzen wollten.«

Ihre Augen füllten sich mit Tränen und sie versuchte, sie wegzuwischen. »Junge, du bist wirklich in der falschen Stadt.«

Sie sank auf die Couch und weinte. Angel gab ihr ein Papiertaschentuch.

Sie sagte: »Danke.«

Sanft fragte er: »Wie wär's mit einer Tasse Tee?«

Sie nickte. Er ging in die Küche und füllte den Kessel mit Wasser.

»Ich bin völlig erschöpft«, sagte sie. »Aber ich kann nicht schlafen. Er wird mich finden.« Sie klang jetzt völlig mutlos. »Russell findet einen immer.«

»Hat Russell einen Nachnamen?«

»Ja, aber den musst du nicht wissen«, sagte sie nachdrücklich. »Du hast schon genug für mich getan. Das ist L.A. Kerle wie er kommen sogar mit einem Mord davon.«

Er hatte nicht vergessen, dass ein Dämon, der mit irgendwelchen zuständigen Mächten in geistiger Verbindung stand, ihm Tinas Namen und Arbeitsstelle verraten hatte.

Vielleicht ist das der Grund.

»Wen hat er denn ermordet?«, fragte er.

Sie schwieg einen Moment.

»Ich weiß es nicht. Vielleicht niemanden. Er hat jede Menge Geld und hängt meistens mit Starlets und so herum.« Sie zuckte die Schultern. »Zuerst war er ganz nett.

77

Ich bin keine Idiotin. Ich wusste, dass er etwas als Gegenleistung haben wollte – aber ich dachte mir, zum Teufel damit, wenigstens bekomme ich so etwas Anständiges zu essen.«

Angel kam aus der Küche. »Was hat er denn als Gegenleistung verlangt?«

Sie war verlegen. »Er … er steht auf Schmerzen. Ich meine, er steht wirklich drauf; er redet darüber, als wäre der Schmerz sein Freund.«

Angel wusste, wovon sie sprach. Er hatte derartige Ungeheuer bereits kennen gelernt.

Er war früher selbst eins gewesen.

»Und man verlässt ihn nicht«, fuhr sie fort. »Er sagt dir, wann er genug von dir hat. Ich kannte ein Mädchen namens Shanise. Sie wollte ihn verlassen. Seitdem ist sie wie vom Erdboden verschluckt. Er findet einen.«

»Jetzt nicht mehr«, erklärte er. Versprach er.

Der Teekessel pfiff, und Angel ging zurück in die Küche.

Nach weniger als einer halben Tasse war sie eingeschlafen. Angel deckte sie zu und betrachtete sie für einen Moment.

Dann fiel sein Blick auf ihre Tasche.

Er stellte sie auf den Tisch und griff hinein.

Das Erste, was er fand, war ihr Adressbuch. Sie hatte ihren Namen und ihre Anschrift auf die erste Seite geschrieben – was keine gute Idee war, wenn man mit Leuten wie diesem Russell zusammen war.

Er blätterte in dem Buch. Eine Visitenkarte fiel heraus, und er warf einen Blick darauf. WOLFRAM & HART, RECHTSANWÄLTE.

Seltsames Logo, dachte er und legte die Karte beiseite.

Er blätterte weiter, bis er fand, wonach er suchte.

Shanise Williams.

Alle Telefonnummern neben ihrem Namen waren durchgestrichen.

Abgeschrieben, dachte er.

Anfang des 20. Jahrhunderts hatte Charlie Lummis, der damalige Chefbibliothekar der Stadtbücherei von Los Angeles, ein Brandeisen erworben, das jenen nachempfunden war, die in mexikanischen und klösterlichen Bibliotheken verwendet wurden. Derartige Eisen wurden *Marcas del Fuego* genannt. Feuerzeichen. Lummis kennzeichnete damit die Einbände der wichtigeren Bücher der Bibliothek.

Und so konnte es nur bloße Ironie sein, dass der Großteil der Bibliotheksbestände 1986 in einem schrecklichen Feuer vernichtet wurde. Was ersetzt werden konnte, wurde ersetzt, aber das Brandeisen wurde in den riesigen Bergen aus durchweichter Asche und nassem Papierbrei – das Resultat der leistungsstarken Sprinkleranlage – nie mehr gefunden.

Jetzt, spät in der Nacht, war die wieder aufgebaute Bibliothek eine düstere, menschenleere Kaverne. Wenn einer von Angels Schlupfwinkeln der Fledermaushöhle ähnelte, dann dieser.

Er fragte sich, wann er den irischen Dämon wieder sehen würde. Er zweifelte nicht daran, dass er früher oder später wieder auftauchte, aber ihm kam der Gedanke, dass dies womöglich ein Test des neuen Superhelden-Verteidigungssystems von Los Angeles war. Wenn er versagte, würden die zuständigen Mächte vielleicht einen anderen Kandidaten zum Retter von Los Angeles machen. Vielleicht gab es irgendwo noch einen armen beknackten Vampir mit einer Seele, der ein Hobby brauchte.

Der Computerschirm leuchtete auf und tauchte Angels Gesicht in fahles Licht. Er hatte eine Zeitungsseite auf diesem speziellen Monitor aufgerufen, den er »Computer Nummer Drei« getauft hatte. Außer diesem liefen noch zwei andere Computer und versorgten ihn mit Daten.

Er kam sich vor wie der Mann, der vom Himmel fiel.

Am Newssite-Computer gab Angel die Worte MORDE, JUNGE FRAUEN ein.

Währenddessen flimmerten über den zweiten Bildschirm die Informationen zum Suchbegriff WILLIAMS, SHANISE:

SCHAUSPIELERIN, MITGLIED VON S.A.G., A.F.T.R.A., UNTER DEN NAMEN LYLA WILLIAMS, LYLA JONES TÄNZERIN IN LAS VEGAS.

Er tippte WILLIAMS, LYLA und JONES, LYLA ein und drückte auf Suchen.

Dann wandte er sich dem dritten Monitor zu und gab den Suchbegriff POLIZEIAKTEN ein.

Auf dem ersten Bildschirm überflog er eine Reihe von Schlagzeilen, die auf der letzten Seite erschienen waren. NICHT IDENTIFIZIERTE FRAU ERWÜRGT AUFGEFUNDEN ... ANHALTER ENTDECKT LEICHE IM ANGELES CREST FOREST... MORDOPFER IN MÜLLEIMER GEWORFEN ...

Sie hatte es nie auf die ersten Seiten geschafft. Sie war auf der letzten Seite gelandet, Asche zu Asche, in einem Tiefkühlfach des Leichenschauhauses, registriert als Jane Doe, dem üblichen Namen für alle unidentifizierten Toten. Wer war sie schon? Nicht mehr als eine Statistin in dem großen Drama, das Hollywood war.

Er seufzte, als er einen Blick auf den zweiten Bildschirm warf. Dort war sie: LYLA JONES, ALIAS SHANISE WILLIAMS, Tänzerin. Sie trug ein Vegas-Kostüm und sah auf dem Foto recht glücklich aus. Allerdings bezweifelte er, dass sie es zum Zeitpunkt der Aufnahme wirklich gewesen war.

Auf Monitor Drei scrollte er durch die Rubriken VERMISSTENMELDUNGEN und JANE DOES. Er hielt inne, weil er glaubte, etwas gesehen zu haben, und scrollte zurück.

Es war ein Jane-Doe-Bericht: 177 cm, 115 Pfund – UNVERÄNDERLICHE KENNZEICHEN: Tattoo an linker Schulter.

Er sah wieder auf den zweiten Bildschirm mit dem Vegas-Foto von Lyla Jones.

Sie hatte ein kleines Blumentattoo an ihrer linken Schulter.

Der Morgen dämmerte bereits, als Angel seinen Wagen auf dem überdachten Parkplatz neben seinem Apartmenthaus abstellte. Die Sonne brannte die letzten Spuren der Nacht fort. Er hatte es nur knapp geschafft.

Na ja, andere Leute suchen ihren Nervenkitzel beim Fallschirmspringen, dachte er ironisch.

Es war seltsam, wie die Sonne auf ihn wirkte, wie müde sie ihn machte. Er hatte nie genau den Grund dafür verstanden. Allerdings hatte er sich auch nicht die Zeit genommen, sich näher damit zu beschäftigen. Vermutlich lag es an seiner dämonischen Natur, den Mächten der Finsternis und so weiter und so weiter. Im Grunde spielte es keine Rolle. Wichtig war nur, dass er das volle Sonnenlicht nicht ertragen konnte.

Als er durch den Flur ging, hörte er den Schrei einer Frau.

»Nein! Bitte nicht! Ich kann nicht.«

Tina lag noch immer auf der Couch, in den Fängen eines Albtraums. Er eilte zu ihr.

»Ich kann nicht …«, schrie sie.

»Tina«, sagte er.

Sie kreischte, bäumte sich auf und schlug nach ihm, mit blankem Entsetzen in den Augen.

»Nein!«, schrie sie.

»Es ist okay«, sprach er beruhigend auf sie ein. »Du bist in Sicherheit.«

Da erkannte sie ihn und sank in seine Arme.

»Er war hier«, sagte sie schluchzend.

Er hielt sie fest. »Es war nur ein Traum. Jetzt ist alles gut.«

»Lass mich nicht los«, bat sie.

Sie klammerte sich noch fester an ihn, wiegte sich hin und her, strich über sein Haar, sein Gesicht. Er kämpfte mit den Erinnerungen an das letzte Mal, als er so berührt worden war … als er Buffy in den Armen gehalten hatte.

Es war vor sehr langer Zeit gewesen. In einer anderen Welt, an einem anderen Ort. Jetzt musste er diesen Moment jedoch vergessen.

Er nahm ihre Hand und drückte sie tröstend. Dann bemerkte er, was er tat, und zog seine Hand vorsichtig zurück.

Er wusste, dass sie verängstigt war, aber er musste sie über das informieren, was er herausgefunden hatte, und ihr einige Fragen stellen.

»Hatte deine Freundin Shanise ein Tattoo an ihrer linken Schulter?«

Sie nickte. »Ein Gänseblümchen.«

Verdammt. »Ich fürchte, sie wurde ermordet.« Es gab keine Möglichkeit, es schonender auszudrücken. »Und es hat noch mehr Opfer gegeben. Er sucht sich Mädchen ohne Familie, ohne Freunde aus.«

Sie sah ihn an und wandte dann verängstigt den Blick ab.

»Du musst keine Angst haben«, sagte er zu ihr. Du hast jemanden, der sich um dich kümmert, fügte er im Stillen hinzu. »Du bist hier sicher.«

Sie hielt den Blick weiter abgewandt. »Nein«, widersprach sie.

»Doch«, beharrte er.

Aber er hatte ihre Aufmerksamkeit verloren, denn sie starrte den zerknitterten Zettel auf dem Tisch an.

Den Zettel, den Doyle ihm gegeben hatte: TINA, COFFEE SPOT, S.M.

»Woher hast du das?« Ihre Stimme wurde höher, als sie sich von ihm löste und aufstand. »Du wusstest schon, wer ich bin, als du gestern Nacht aufgetaucht bist!«

»Nein«, protestierte er. »Das wusste ich nicht. Ich ... ich kannte nur deinen Namen.« Er war zutiefst frustriert. »Es ist kompliziert.«

Sie hatte Angst. »Davon bin ich überzeugt. Ein großes, kompliziertes Spiel auf meine Kosten. Russell steckt dahinter. Was zahlt er dir dafür?«

»Ich habe nichts mit ihm zu tun. Du musst mir ...«

»Du bist genau wie er!« Sie stieß ihn fort und griff nach einer Lampe. »Komm mir nicht zu nahe. Ich verschwinde von hier.«

Er konnte sie nicht gehen lassen. Es war ihr Todesurteil, wenn er es zuließ.

»Lass mich ...«

Sie warf ihm die Lampe an den Kopf und rannte durch die Hintertür nach draußen.

Sie rannte so schnell sie konnte durch den Korridor, vorbei an Angels Wagen auf den überdachten Parkplatz. Angel tauchte auf und lief ihr hinterher.

»Tina!«

Sie rannte weiter und verließ den überdachten Parkplatz. Angel war ihr dicht auf den Fersen. Als sie ins Sonnenlicht stürmte, packte er ihren Arm.

»Hör mir bitte …«

Die Sonne traf seine Hand an ihrem Arm, und die Hand ging in Flammen auf. Schmerz durchzog seinen Körper, als Tina schrie. Vor Schmerz heulend zog er seinen Arm zurück in den Schatten.

Er verlor die Kontrolle über sich und verwandelte sich in sein vampiristisches Selbst. Tinas Schreie gingen in ein grauenerfülltes Kreischen über, und sie rannte um ihr Leben.

Angel sank gegen die Wand des Gebäudes, hielt sich die schmerzende Hand, atmete keuchend und sah ihr nach, wie sie verschwand.

Ich werde das Geld, für das ich das Kleid als Pfand bekommen habe, nie wieder sehen, dachte Tina in einer seltsamen Mischung aus Alltagssorgen und blinder Panik. Sie versuchte sich zu konzentrieren, Pläne zu machen, aber sie konnte nur daran denken, wie sich Russells Spion vor ihren Augen in ein Ungeheuer verwandelt hatte. War es eine Art Scherz, dass er sich Angel genannt hat?

Sie griff nach einer kleinen Reisetasche und warf sie auf das offene Couchbett. Immer diese kaputte Feder, die sich in meinen Rücken gebohrt hat. Diese Wohnung ist ein Sauhaufen; oh, mein Gott, er hat sich einfach in einen … einen Dämon oder so was verwandelt. Eben noch ist er ein gut aussehender Kerl und …

Sie bückte sich, hob die dünne Matratze hoch und nahm ihre treue .38er. Zu Hause hatte sie damit auf Fruchtcocktaildosen geschossen. Sie hätte sich in einer Million Jahre nicht träumen lassen, dass sie jemals wirklich eine Waffe *brauchen* würde.

Sie warf ein paar Sachen in die Tasche.

Dann spürte sie die Gegenwart eines anderen Menschen, fuhr herum und richtete die Waffe auf den Eindringling.

Auf Russell.

Dort war er. Der Mann, der ihr Schmerzen bereitete. Mitte vierzig, charmant, unglaublich gut gekleidet. Die volle Unterlippe zu seinem charakteristischen Lächeln verzogen, das Haar glatt nach hinten gekämmt. Er sah so gut aus, dass man kaum glauben konnte, dass er die schlimmste Nachricht auf dem Planeten war.

»Tina. Was machst du bloß?«, fragte er mit besorgt klingender Stimme. »Wo bist du gewesen? Ich war schon ganz krank vor Sorge um dich.«

Sie hielt die Waffe weiter auf ihn gerichtet. »Was hast du mit Shanise gemacht?«

Er wirkte leicht überrascht. »Nichts.«

Ihre Stimme bebte. »Ich will die Wahrheit wissen, Russell!«

»Sie wollte nach Hause fahren«, sagte er ruhig. »Ich habe ihr ein Ticket nach Pensacola gekauft.«

»Nein. Sie ist tot.«

Seine Überraschung verwandelte sich in Verwirrung. »Wie meinst du das? Sie hat mich gestern angerufen. Sie wollte wieder zur Schule gehen und bat mich, meinen Einfluss geltend zu machen. Wer hat dir diesen Unsinn erzählt?«

Sie zielte weiter mit der Pistole auf ihn, aber sie war jetzt verunsichert. Sie wusste nicht, was sie glauben sollte.

»Hör zu, wir beide wissen, dass ich nicht gerade ein normales Leben führe, aber ich laufe nicht herum und töte meine Freunde.«

Er trat näher, bis er ganz dicht vor ihr stand. Er wirkte so freundlich, so besorgt. Jetzt war sie noch verwirrter.

»Ich habe alle nach dir suchen lassen«, fuhr er fort.

Sie starrte ihn nur an, war wie gelähmt. Bevor ihr klar wurde, was er tat, ließ sie sich von ihm die Waffe abnehmen.

Aber es war irgendwie eine Erleichterung. Wenn er wusste, dass sie ihm vertraute … falls sie ihm vertraute … würde sie ihm vielleicht auch vertrauen können.

»Wenn du L.A. satt hast, wenn du Geld für die Miete brauchst … du weißt, dass ich dir nur helfen will.« Er klang so freundlich. Er war so reich und mächtig. Er hatte gesagt, dass er für sie sorgen würde, und das würde er auch, nicht wahr?

»Sag mir einfach, was du willst«, schloss er.

Traurig sagte sie: »Ich will nach Hause.«

»Schon erledigt. Armes Ding.« Sie ließ zu, dass er seine Arme um sie legte. »Wer hat dir bloß so zugesetzt?«

»Ich weiß es nicht. Ich dachte, du hättest ihn engagiert«, gestand sie. »Er hat sich in etwas …«

Er streichelte ihre Wange, während er sie freundlich ansah.

»Es war das Schrecklichste, was ich je gesehen habe«, fügte sie hinzu, nun bereit, sich ihm ganz anzuvertrauen.

Er sagte: »Nun, du bist jung.«

Dann verwandelte er sich in etwas, das dem Ungeheuer ähnelte, zu dem Angel geworden war – nur viel, viel schlimmer.

Sie empfand nichts weiter als reines Entsetzen. In einer letzten Geste öffnete sie den Mund. Aber sie konnte ihre Lippen nicht bewegen. Sie konnte nicht schreien.

Sie konnte nichts tun, als der Dämon, der der Multimillionär Russell Winters gewesen war, hart und gierig zubiss und sie tötete.

SPIKE UND DRU

Irgendwo in Ungarn, 1956

Als sie kurz vor Halloween eintrafen, konnten Spike und Drusilla nicht ahnen, dass in Kürze die Sowjetunion in ihr kleines rustikales Dorf einmarschieren würde.

Das Liebespaar war hergekommen, weil sie ein Gerücht gehört hatten, dass Angelus dort gesehen worden war, und Dru hatte darauf bestanden, nach ihm zu suchen. Sie bestand immer darauf, nach ihm zu suchen. Nicht einmal die Ritter von König Artus Tafelrunde hatten mit derselben Besessenheit, mit der Dru nach ihm forschte, nach dem blutenden Heiligen Gral gesucht.

Sie hatte ihren Schöpfer seit fast sechzig Jahren nicht mehr gesehen. Niemand hatte es. Sie wusste nicht, ob er noch am Leben oder tot war – sofern diese Begriffe überhaupt auf einen Vampir zutrafen –, aber sie hatte nie aufgehört, nach ihm zu forschen.

Sie hätten ihn eigentlich im Jahr 1898 in den Karpaten treffen sollen, um gemeinsam das Alte Land heimzusuchen, ein paar Bauern auszusaugen und den hiesigen Wein zu genießen. Aber der Kerl war nicht aufgetaucht.

Ein Jahr verging, dann zwei, und die Suche nach Angelus wurde für Dru allmählich zur Besessenheit. Ihre Besorgnis war verständlich, schließlich war er ihr Schöpfer und so weiter, aber Spike ödete es langsam an. Ihr ewiges Gerede, die Luft flüstere ihr zu, dass er nicht tot sei, aber auch nicht unter den Lebenden weilte, blabla. Irgendetwas über seine Seele, von der sie alle wussten, dass sie ihm genommen worden war, als Darla ihm das Geschenk gemacht hatte.

Nach einer Weile lernte Spike, damit zurechtzukommen. Zumindest tat er so. Er half ihr sogar bei dieser sinnlosen Suche. Sie wurde für beide zu einer Art Hobby.

Eine Woche zuvor, in Budapest, hatte sie einem niederen Chaosdämonen eine ansehnliche Summe für die Information gezahlt, Angelus sei im kommunistischen Block gesehen worden. Sie hatten ein paar Nachforschungen angestellt, die Tarotkarten befragt und mit Hilfe von Drusillas Visionen Ungarn als sein wahrscheinlichstes Jagdrevier identifiziert. Und nun waren sie hier, halali, und nahmen die Jagd wieder auf.

Inzwischen war der Platz vor diesem kleinen Café – Minou – voller sowjetischer Soldaten. Es waren unglaublich viele. Die Einheimischen schlotterten vor Angst und waren einer Panik nahe.

Spike befürchtete, dass jeden Moment das Chaos ausbrechen könne.

»Dru, Liebling, sie wird nicht kommen, in Ordnung? Höchstwahrscheinlich ist sie von einem dieser verfluchten Panzer überrollt worden. Ich würde sagen, es ist höchste Zeit, dass wir von hier verschwinden«, erklärte Spike nicht zum ersten Mal an diesem Abend und mindestens zum fünfzigsten Mal, seit dieses Treffen vereinbart worden war.

»Sie wird kommen.« Dru durchbohrte das grüne Wachstuch, das als Tischdecke diente, mit den Fingernägeln. »Wenn sie weiß, was gut für sie ist.« Sie warf ihm einen ihrer Reg-dich-nicht-auf-Blicke zu. »Richtig?«

»Nur zu richtig, Dru.«

Sie war eine kokette Frau. Es gab Zeiten, in denen sie ihn mit ihrer süßen Art zum Dahinschmelzen bringen konnte. Sie war seine Schöpferin, und er schuldete ihr eine Menge für dieses großartige Geschenk, ein Dasein als Vampir führen zu können. Er versuchte stets daran zu denken, wenn sie wegen Angelus den Kopf verlor.

Ungarn hatte sich in all den Jahren, die Spike als Vampir verbracht hatte, kaum verändert. Es war noch immer ein malerisches, bäuerliches Land, trotz der Tatsache, dass die

Sowjets vor zwei Jahren einmarschiert waren. Die Ungarn standen bis zum Hals in gehängten Konterrevolutionären, doch alle trugen noch immer bestickte Westen und schmucke kurze Stiefel.

Er wusste, dass Dru derartige kulturelle Eigenheiten schätzte. Ihre Vorliebe für Gewänder aus ihrer Zeit als Lebende fügte sich perfekt ins Bild. Sie konnte in Samt und Spitze gekleidet herumwirbeln und tanzen und sich im Gedränge des Viehs wie zu Hause fühlen.

Ah, das süße Vieh: Es war unglaublich einfach, Nahrung zu finden. Alle waren verängstigt und verschüchtert wegen der großen, bösen Russen. Man musste sie nur nach ihren Papieren fragen, zusehen, wie die armen Tröpfe erbleichten und in ihren Taschen suchten, und dann zuschlagen.

Zwei Weingläser standen auf dem Tisch. Spikes war leer und Drusillas war unberührt. Sie machte weiter kleine stechende Bewegungen mit ihren Fingern und summte leise vor sich hin. Es half ihr, die Ruhe zu bewahren, selbst wenn Spike sie hin und wieder bat, damit aufzuhören. Allerdings geschah dies nicht oft, denn sie mochte es nicht, wenn er sie darum bat.

Er war ohnehin nicht sicher, ob sie es überhaupt konnte. Es war zu einer Gewohnheit geworden. Oder zu einem nervösen Tick. Oder zu einem hörbaren Symptom ihres Wahnsinns.

»Dru, Liebes, hörst du den Lärm da draußen? Das sind die Soldaten, die wie Bienen in einem Bienenkorb herumschwärmen. Irgendetwas ist im Gang. Dieser Ort ist nicht sicher.«

Drusilla hatte Spike nicht gesagt, dass sie die Soldaten liebte. All dieser dröhnende Lärm! Sie liebte die finsteren, uniformierten jungen Russen.

Sie liebte sie sogar so sehr, dass sie einen von ihnen zum Abendessen ausgesaugt hatte, während Spike unterwegs gewesen war, um das Treffen mit der Zigeunerfrau vorzubereiten, die behauptete, Angelus gesehen zu haben.

Jetzt rülpste sie leise und lächelte Spike über den Tisch hinweg an.

»Ups«, sagte sie und flatterte ein wenig mit den Wimpern.

Jetzt griff er über den Tisch und nahm ihre Hand. »Du hast die längsten Finger, die ich kenne«, sagte er. Sie machte eine kurze zustoßende Bewegung. »Außerdem sind sie sehr kräftig.«

»Möchtest du meinen Wein haben?«, fragte sie.

Er schien versucht, das Angebot anzunehmen. Er griff nach dem Glas, doch dann sah er den nachdenklichen Ausdruck auf ihrem Gesicht.

»Was ist?«, fragte er verdrossen, denn er wusste, dass sie es kaum erwarten konnte, mit Angelus wieder vereint zu werden.

Sie schüttelte den Kopf. »Mein Spike ist in schlechter Stimmung«, stellte sie fest. »Ich mag das nicht. Ich bekomme Kopfschmerzen davon.«

»Ich bin nur ein wenig nervös, Pudel«, erklärte er freimütig. »Versprich mir, dass wir von hier verschwinden, wenn die alte Vettel uns nicht weiterhelfen kann.«

Sie lächelte ihn zärtlich an. »Wir könnten nach Spanien zurückgehen.«

Er grinste. »Die Stiere.«

Sie senkte ihr Kinn und sah ihn von unter ihren Wimpern hervor verführerisch an. »Die Stiere.«

»Brillant.« Er griff nach ihrem Glas und trank einen großen Schluck. »Wir können dort deinen Geburtstag feiern.«

Sie lächelte und zeigte dabei ihre Grübchen. »Ich bin inzwischen in einem Alter, in dem ein Mädchen nicht mehr an seinen Geburtstag erinnert werden möchte.«

»Das zeichnet unsere Art aus«, erwiderte er. »Je länger man lebt …« Er berührte seine Stirn. »Am Ende zählt nur der Verstand. Und ein guter Aufwärtshaken.« Er grinste. »Und natürlich Herzlosigkeit.«

»Grrrrrr.« Sie machte eine knappe Handbewegung, als würde sie ihm die Kehle aufschlitzen.

Dann lächelten sie sich liebevoll an.

In diesem Moment öffnete sich die Tür und eine Frau in einem unförmigen Kleid kam herein, das Haar unter einem

Schal verborgen. Sie hatte scharf geschnittene Züge und eine Hakennase. Die Brauen waren stahlgrau, die Augen kohlrabenschwarz. Und sie hatte einen Damenbart.

»Das ist die Zigeunerin«, murmelte Spike. »Wir haben also doch nicht umsonst gewartet.«

»Bist du sicher?«, fragte Dru zweifelnd und fügte dann hinzu: »Dass sie eine Frau ist?«

»Das Äußere kann täuschen, aber ich glaube, sie ist ein Weib«, verteidigte sich Spike.

Die Zigeunerin blickte zu Dru hinüber und bekreuzigte sich. Dru zuckte bei der Beleidigung leicht zusammen, aber sie bewahrte die Fassung.

Danach machte sie ein paar stechende Bewegungen und glaubte, Spikes Kopf wie im Mondlicht schimmern zu sehen.

Die Zigeunerin kam zu ihnen herübergeschlurft. Sie hielt etwas in der Hand, und Dru und Spike schreckten zurück, als sie näher kam.

»Oh, Mann, sie hat Knoblauch«, stöhnte Spike. »Wahrscheinlich ist sie auch noch mit Kreuzen und Weihwasser bewaffnet, Dru. Lass uns von hier verschwinden. Diese ganze Reise ist eine einzige Katastrophe.«

Dru hatte Angst. Sie war Spikes Meinung, aber sie konnte nicht von hier weg, ohne zu erfahren, ob die Frau die Wahrheit über Angelus gesagt hatte.

Und so straffte sie sich und murmelte: »Gib mir eine Chance mit ihr. Bitte, Spike.«

»Du riskierst unser beider Leben.«

»Ich schulde es ihm.«

»Dru, Liebes, du musst der Wahrheit ins Gesicht sehen«, sagte er erregt. »All diese Jahre. Entweder ist er tot, oder er ist verkommen ...«

»Nein.« Dru knurrte ihn an. »Platz, böser Hund!«

Sie erhob sich von ihrem Stuhl.

Die Zigeunerin erstarrte. Sie hielt ihr ein Kreuz entgegen und sagte: »*Upreiczi.*«

»Ist das nicht Rumänisch?«, fragte Spike argwöhnisch.

»Ich weiß es nicht«, sagte Dru nervös. »Zigeuner kommen von überall her. Ich …«

Die Zigeunerin schrie, und die Tür sprang auf. Mindestens ein halbes Dutzend Soldaten platzten in den Raum. Ihnen folgte ein Mob aus ungefähr dreißig Dorfbewohnern, die drängten und schoben, um über Dru und Spike herzufallen.«

»*Strigoiu!*«, brüllte jemand.

»Ich denke, das ist Ungarisch«, stieß Spike hervor, als er von dem Tisch zurückwich und ihn umkippte. Er packte Drus Arm und zerrte sie in die entgegengesetzte Richtung.

»Spike!«, kreischte sie, als sich ihr Stiefelabsatz an einem Tischbein verfing. Sie riss sich los, während er ungeduldig an ihrem Arm zerrte, sodass sie das Gleichgewicht verlor.

Halb fiel sie, halb rutschte sie auf dem anderen Fuß aus, ging in die Knie und wurde von Spike wieder hochgerissen. Er sah sie durchdringend an und schrie: »Komm, Baby!«, während die Einheimischen auf sie losgingen.

Schüsse ertönten.

Dann zog Spike sie mit sich und brüllte etwas davon, dass die Welt verrückt geworden sei, während sie durch die Hintertür des kleinen Cafés nach draußen flohen. Allem Anschein nach war der Soldat, der ihr als Abendessen gedient hatte, gefunden worden. Die Zigeunerin musste die Bissmale erkannt und die Einheimischen informiert haben. Und die russischen Soldaten hatten alles für eine Art Rebellion gehalten und waren dem Mob gefolgt, um den vermeintlichen Aufstand niederzuschlagen.

Es war eigentlich ziemlich komisch, dachte sie kichernd, während sie Spike durch die schmalen, kopfsteingepflasterten Gassen folgte. Er war völlig aufgelöst, mit den Nerven am Ende, und sie wollte ihm sagen, dass er sich beruhigen solle.

»Komm schon, komm schon«, drängte er sie, zerrte sie in eine weitere Gasse und blieb einen Moment stehen, um sich umzusehen. Warmes Licht fiel aus den Fenstern, die ihren Weg säumten.

»Spike, reg dich ab, *Daddy-o*«, sagte sie, während sie ein Lachen unterdrückte.

Seine Augen blitzten.»Dru, das ist eine verdammt ernste Sache. Würdest du jetzt bitte aufpassen?«

Leise kichernd zuckte sie die Schultern und wies die leere Gasse hinauf.

»Wir haben sie abgeschüttelt, Spike. Wir sind in Sicherheit.« Sie drehte sich im Kreis, sodass sich ihr schwarz und karmesinrot besticktes Kleid bauschte.»Ich bin eine Glocke. Ding, dong!«

»Oh, Gott, Dru. Die meiste Zeit finde ich deinen Wahnsinn überaus faszinierend. Aber im Moment ...« Er fuhr sich mit den Händen durch das lange Haar.»Wir werden erst in Sicherheit sein, wenn wir diese verfluchte Stadt verlassen haben. Diese Leute befinden sich im Krieg und haben Angst vor allem und jedem. Am liebsten würden sie irgendetwas töten.«

»Oh, schnipp, schnapp wir sind Schatten.« Sie schnippte mit den Fingern. »Buh. Wir sind unsichtbar.«

Dann, wie um ihre Worte Lügen zu strafen, kamen sie.

Sie kamen von beiden Enden der Gasse. Schwarze Baskenmützen und Hemdblusen, Soldaten in grauen Uniformen, mit blitzenden Augen. Einige waren auf die Dächer über Dru und Spike gestiegen.

Als Spike herumwirbelte, schrien jene auf dem Dach den anderen etwas zu und deuteten auf das Paar.

Dann machte Dru etwas sehr Törichtes: Sie verwandelte sich, sodass ihre Vampirfratze für alle deutlich sichtbar war.

Alle erstarrten. Sie knurrte sie an, ihre goldenen Augen huschten von den Angreifern an dem einen Ende der Straße zu dem Mob am anderen Ende.

Dann, wie aufs Stichwort, stürmten beide Gruppen auf sie los.

Spike verwandelte sich ebenfalls und stürzte sich mit lautem Gebrüll auf den ersten Mann, der ihn erreichte. Er war groß und silberhaarig und hielt ein gefährlich aussehendes Schnitzmesser in der Hand, das er über dem Kopf schwang.

Spike griff nach oben und packte den erhobenen Arm des Mannes, der noch immer auf ihn zurannte, und nutzte die Wucht seines Schwunges, um ihm die Schulter auszukugeln. Vor Schmerz aufheulend ließ der Mann das Messer fallen. Spike fing es geschickt auf und schlitzte ihm wie einem Fisch den Bauch auf.

Dann benutzte er die Leiche als Schild, als ihn zwei weitere Männer erreichten. Einer von ihnen war ein bewaffneter Sowjetsoldat, der andere ein Einheimischer, und stach dem Soldaten in den Bauch. Als der Mann schrie und zu Boden fiel, stolperte der Einheimische über ihn. Spike musste ihm nur noch einen kräftigen, schnellen Tritt gegen die Schläfe versetzen, um ihn auszuschalten.

Er warf Dru einen kurzen Blick zu und konnte ein bewunderndes Grinsen nicht unterdrücken. Irgendwie war es ihr gelungen, sich in den Besitz von zwei eindrucksvollen Waffen zu bringen, eine in jeder Hand, und sie schoss mit beiden gleichzeitig. Sein Mädchen, die Revolverheldin. Wie hieß dieses amerikanische Mädchen mit all dem Blech noch gleich? Annie Oakley.

Als Dru ihren Rhythmus fand, gingen mindestens drei Leute zu Boden, darunter ein bezauberndes junges Mädchen. Sechs oder sieben der brutalen Rüpel wichen zurück, zwei von ihnen fielen in den Dreck und blieben liegen.

Mit einem grimmigen Lächeln auf dem Gesicht schoss sein Baby ihre großen Waffen leer. Sie erledigte mindestens drei weitere Leute, und dann ging ihr die Munition aus.

Spike bückte sich und hob die Maschinenpistole des toten Soldaten auf. Genau in diesem Moment eröffnete jemand in der Gasse ein überaus tödliches Feuer. Die Kugeln pfiffen haarscharf an Spikes Schädeldecke vorbei, als er sich hinter dem toten Soldaten auf den Boden warf und die Leiche auf die Seite drehte, um seine Deckung zu vergrößern.

»Dru!«, schrie er.

Dann pfiffen noch mehr Kugeln durch die Luft, dicht wie ein Hagelschauer. Spike schützte seinen Kopf mit den Händen und brüllte: »Verfluchter Mist!«

Eine Kugel durchbohrte seinen linken Handrücken. Es tat weh. Sehr sogar.

Er lief geduckt nach rechts, schlug ein paar wilde Haken, suchte nach einem Fluchtweg und warf sich dann durch ein dunkles, schmutziges Fenster.

Er stürzte in einen menschenleeren Raum, dessen Boden verdreckt war. Er rollte ab, sprang auf, wich vom Fenster zurück und presste sich neben dem Rahmen an die Wand.

Seine Hand blutete, aber da er ein Vampir war, konnte er den Schmerz ertragen.

Draußen in der Gasse kreischte Dru. Spike biss die Zähne zusammen und ballte die rechte Faust. In diesem Moment, geschüttelt von hilflosem Zorn, verwandelte er sich. Sein Gesicht wurde zu einer Raubtierfratze, seine Zähne wuchsen zu spitzen Fängen. Seine Augen glühten.

Sie schrie wieder. Im Halbdunkel des Raumes sah er sich verzweifelt nach einer Waffe um. Er befand sich in einer Art Lagerhaus. An der gegenüberliegenden Wand stapelten sich Kanister, die möglicherweise Benzin enthielten, und auf dem Boden, zwischen Holzstücken und verrottetem Zeitungspapier, lagen Lumpen.

Direkt neben ihm stand ein tragbarer Kochherd, aber viel wichtiger war die Schachtel mit Streichhölzern. Ironischerweise stammte sie aus dem Café, aus dem sie gerade geflohen waren.

Jetzt brauchte er nur noch eine Flasche.

Die praktischerweise unter dem zerbrochenem Fenster lag.

»Danke, Kumpel«, murmelte er.

Er legte sich auf den Boden und kroch zur Flasche, wobei er die Schnittwunden, die ihm die herumliegenden Glasscherben zufügten, ignorierte. Er nahm die Flasche und zog sich hastig zurück, um einem neuerlichen Kugelhagel zu entgehen.

Zum ersten Mal war das Glück ihm hold: In den Kanistern befand sich Petroleum.

So schnell er konnte füllte er die Flasche mit der zähen

95

Flüssigkeit. Dann griff er nach einem der Lumpen und stopfte ihn zur Hälfte in den Hals.

Spike nahm die Schachtel Streichhölzer, die irgendeine aufmerksame Seele neben dem Herd zurückgelassen hatte, zündete das trockene Ende des Lumpen an und warf die Flasche aus dem Fenster.

Lautes Geschrei ertönte, gefolgt von einer recht beeindruckenden Explosion. Spike nutzte die günstige Gelegenheit, um aus dem Fenster zu spähen.

Was er sah, entsetzte ihn. Sie hatten Dru an eine Straßenlaterne gefesselt und versuchten gerade, ihr wunderschönes Kleid in Brand zu stecken. Sie riss an dem Strick, der um ihren Hals lag, und trat wild um sich. Seine Brandbombe war in gefährlicher Nähe der zierlichen nackten Zehen seiner Liebsten explodiert.

»Dru«, flüsterte er heiser.

Ihre Augen traten hervor, sie zerrte an dem Strick.

In diesem Moment sah er, dass sie sie aus kleinen Flaschen mit Wasser bespritzten – wahrscheinlich Weihwasser – und ihre Füße und Beine mit irgendetwas einrieben. Der Gestank wehte zu ihm herüber: Knoblauch.

Sie versuchten sie obendrein auch noch zu vergiften.

Er warf seinen Kopf zurück und heulte wutentbrannt auf, doch das Geheul wurde vom Geschrei und Gejubel des Mobs übertönt.

Er lief zurück zu den Kanistern mit dem Petroleum, löste die Deckel und warf sie aus dem Fenster. Die meisten in der Menge hatten ihn vergessen, und so wich er einfach den wenigen ungezielten Schüssen aus, die auf ihn abgefeuert wurden, und machte weiter.

Als er die Hälfte der Petroleumkanister ausgekippt hatte, entdeckte er eine weitere leere Glasflasche.

»Ja, ja!«, rief er und küsste die Flasche.

Plötzlich schrie jemand etwas und eine andere Stimme antwortete. Er blickte auf. Sie zeigten auf die Petroleumpfütze vor dem Fenster und schienen nicht besonders glücklich darüber zu sein.

Einige der Schweinehunde schossen auf ihn. Andere warfen mit Ziegeln und Steinen. Und mit einer angebissenen Scheibe Brot, was er seltsamerweise eher beleidigend fand.

Er füllte die Glasflasche mit dem Brennstoff, stopfte einen Lumpen in deren Hals und machte einen Kamikazesprung aus dem Fenster. Wie ein Spieler von Manchester United kickte er die Bombe hoch in die Luft. Sie flog und flog, und als den Barbaren dämmerte, um was es sich bei dem Geschoss handelte, stoben sie auseinander.

Wer nicht floh, wurde von Spike über den Haufen gerannt. Er rammte einem kurzen, stämmigen Mann die Faust in den Solarplexus, sodass dieser sich schmerzgepeinigt zusammenkrümmte. Einem anderen schlug er gegen den Adamsapfel und einem dritten bohrte er den Ellbogen in den Unterleib und versetzte ihm anschließend mit aller Kraft einen Stoß. Der Kerl kippte gegen zwei oder drei andere Männer und riss sie zu Boden.

Die Bombe war inzwischen gelandet, und die Pfütze aus brennbarer Flüssigkeit fing Feuer. Kurz darauf stiegen Flammenzungen empor. Spike bahnte sich mit Zähnen und Klauen einen Weg zu Dru, während sich das brüllende Feuer ausbreitete. Ihre armen kleinen Füße waren roh und blutig; wo das Weihwasser ihre Haut benetzt hatte, war sie schwarz verbrannt.

Sie blickte flehend zu ihm hinunter und bewegte die Lippen, doch kein Laut drang hervor.

»Halte durch, Baby!«, brüllte er.

Er entriss jemandem die Waffe, schoss die Person damit nieder und zielte dann auf den Strick, der über ihrem Kopf hing. Er verfehlte ihn um einen Kilometer. Ein neuer Versuch. Ein weiterer Kilometer.

Er packte einen russischen Soldaten und gestikulierte. »Shootsky«, befahl er dem Mann und drückte ihm die Vampirzähne an den Hals für den Fall, dass der Kerl auf die geniale Idee kam, Dru zu erschießen.

Der Soldat war klug. Er verstand genau, was Spike wollte, und durchtrennte mit dem ersten Schuss das Seil, an dem sie hing. Spikes Liebste landete hart auf dem Boden und sank wie eine matte, flügellahme Motte in sich zusammen. Spike stürzte zu ihr, aber vorher schlitzte er dem russischen Soldaten noch die Kehle auf und schleuderte ihn zu Boden. Nachdem er sich vergewissert hatte, dass es Dru gut ging, machte er sich daran, ein kleines Massaker zu verüben.

Es hatte keinen Sinn, einen von ihnen am Leben zu lassen.

Nicht den geringsten Sinn.

Eins stand fest: Es war Zeit, die Suche nach Angelus abzubrechen. Wenn es ihm gelang, Dru davon zu überzeugen, würden sie beide vielleicht lange genug leben, um ein paar weitere Sonnenuntergänge zu sehen.

Ihm war klar, dass dies eine weitaus schwierigere Aufgabe sein würde, als all diese verfluchten Gulaschfresser zu töten. Aber wenn irgendein Mann dieser Aufgabe gewachsen war, dann Spike.

Also: Schluss mit Angelus. Soweit es Spike betraf, war der Bastard tot.

Er würde es Dru nie verraten, aber Tatsache war, dass Spike sehr gut damit leben konnte.

Um genau zu sein, er hoffte mit jeder Faser seines Herzens, dass es stimmte.

Angelus bedeutete nur Ärger.

DRITTER AKT

Chces li tajnou vec aneb pravdu vyzvédéti
Blazen, dité opily clovéc o tom umeji povodetti.

»Willst du die Wahrheit oder ein Geheimnis hören,
musst du einen Betrunkenen, einen Narren oder ein Kind
fragen.«

– Rumänisches Sprichwort

Angel erreichte Tinas Apartment teils aus Instinkt, teils vom
Adrenalin getrieben. Das theoretisch in diesem Moment
nicht durch seine Adern kreisen sollte. Aber er war vor
Sorge um sie wie betäubt.

Er hätte sie aufhalten müssen. Der Lampe schneller ausweichen, zum Teufel, sie notfalls rammen und zu Boden
werfen müssen. Wenn ihr irgendetwas zugestoßen war,
wenn irgendjemand …

Er konnte nicht einmal zu ihr gehen.

Er musste durch den Flur rennen.

Ihre Tür stand weit offen, und seine Hoffnungen explodierten.

Er versuchte sich einzureden, dass sie überstürzt aufge-
brochen war und nur vergessen hatte, die Tür hinter sich zu
schließen.

Aber er wusste, was ihn erwartete.

Er wappnete sich, als er das Apartment betrat, aber er
wusste, was ihn erwartete.

Dort lag sie, auf dem Boden neben der Schlafcouch. Mau-
setot.

Ihre Kehle war aufgerissen, ihr Blut ausgesaugt worden.

Dennoch stürzte er zu ihr und überprüfte ihren Puls. Es gab keinen, und er hatte gewusst, dass es keinen geben würde.

Er hatte sie im Stich gelassen.

Er hätte sie ebenso gut selbst töten können.

Ein Vampir hat das getan, dachte er. Warum sollte mich das überraschen? Es gab in Los Angeles praktisch genauso viele Vampire wie in Sunnydale. Aber Tina ... und all dieses Böse, dieses Monströse ...

Er hielt inne und sah das Blut an seinen Händen.

Er starrte es an, wie hypnotisiert. Von der Versuchung übermannt. Es rief ihn, lockte ihn. Menschenblut. Er erinnerte sich noch gut an den Geschmack, an die Faszination. Konnte nicht leugnen, dass er sich danach gesehnt hatte, genau wie Doyle behauptet hatte.

Bevor er wusste, was er tat, steckte er zwei blutverschmierte Finger in den Mund.

Er taumelte wie unter einem Schlag, überwältigt schloss er die Augen – es war weit mehr als ein Geschmack oder Geruch oder Nahrung – es war, was es war; das Blut war das Leben – sein Leben und seine Seele; es war das Sein an sich.

Oh, oh, mehr ...

Er riss die Augen auf.

Was hatte er getan?

Ihm wurde übel. Würgend stolperte er ins Bad und drehte das heiße Wasser auf, so heiß, dass er es kaum ertragen konnte. Er hielt seine Hände unter den fast kochenden Strahl und wusch sie, schrubbte sie ab, wieder und wieder, bis fast das rohe Fleisch zu sehen war.

Wie hatte er ihr das nur antun können? Der letzte Akt des Verrats in ihrem traurigen Leben.

Begangen von einer Person, der sie wirklich hätte vertrauen können.

Oder hätte vertrauen sollen.

Er schrubbte weiter, während er sich daran erinnerte, wie er versucht hatte, sich nach seiner Rückverwandlung von

Angel in Angelus zu entgiften. Nachdem Buffys Liebe seinen Fluch reaktiviert hatte.

Spike und Dru hatten ihn deswegen ausgelacht, ihn immer wieder schockiert angesehen, zutiefst entsetzt von dem Gedanken, dass einer von ihrer eigenen Art zum Renegaten geworden war. Seine eigenen Artgenossen getötet und mit den Menschen zusammengearbeitet hatte. Da Vampire so etwas wie Ehre nicht kannten, hatten sie ihn wieder in ihren Reihen aufgenommen – Dru mit weit geöffneten Armen, Spike anfänglich begeistert, doch immer ein wenig mit dem Misstrauen behaftet, dass Angelus nicht auf Dauer bleiben würde.

Und Spike hatte nur allzu Recht gehabt.

Oder war Angelus am Ende doch geblieben? Lauerte dieser Dämon noch immer in ihm, auf seine Chance hoffend, auf den günstigen Moment wartend, um dann wieder die Kontrolle über seinen Körper zu übernehmen?

Angel blickte in den Spiegel, der kein Spiegelbild zeigte. Aber er konnte hinter sich auf dem Boden Tinas Leiche liegen sehen. Sie war eine stumme Zeugin seiner Erinnerungen und seiner Reue und Verzweiflung.

Ich darf niemals annehmen, dass ich einer der Guten bin, dachte er. Unter den richtigen Umständen hätte ich es sein können, der sie tötete. Ihm graute vor sich selbst, als er sich dabei ertappte, dass er die Wunde in ihrer Kehle mit Faszination betrachtete. Selbst jetzt noch.

Er durchquerte das Zimmer und nahm das Telefon, ohne dabei den Blick von ihrem Gesicht zu wenden. Er wählte 911.

So muss es auch ausgesehen haben, nachdem ich Jenny getötet habe, dachte Angel. Und Giles war dort und hat all das ertragen müssen.

In Tinas Apartment herrschte Hochbetrieb. Ein Gerichtsmediziner untersuchte Tinas Leiche, während zwei Detectives die Wohnung nach Hinweisen auf den Täter durchkämmten. Ein Mitarbeiter von der Spurensicherung suchte nach Fingerabdrücken.

All das konnte Angel von dem Dach eines Nachbargebäudes aus erkennen, wo er geduckt das Treiben beobachtete. Er wartete reglos und stumm, bis ihr Körper in einen Leichensack gesteckt und abtransportiert wurde.

Dann wandte er sich grimmig ab, trat an den Rand des Daches und sprang.

Er landete auf einem anderen, viel tiefer liegenden Dach und verschwand in der Dunkelheit.

Er hatte so viel wieder gutzumachen.

Er war nicht sicher, ob die Ewigkeit lang genug dafür war.

Russell Winters lebte in einer riesigen, pompösen Festung. Eisentore sicherten die Steinmauer, die sie umgab; eine Wache war rund um die Uhr in einem Häuschen neben den Toren postiert.

Wenn man das war, was Russell Winters war, musste man Vorsichtsmaßnahmen treffen.

Was kein Problem war.

Russell Winters konnte sie sich mühelos leisten.

Er lehnte sich zufrieden in seinem Bürosessel zurück und sah sich das Video mit Tina an, das Margo auf der Party aufgenommen hatte. Sein Büro war groß und geräumig und mit seinen Handwerkszeugen gefüllt: Computer, riesige Monitore, Gemälde, ein leerer Schreibtisch und dicke Vorhänge, die das Tageslicht abhielten und ihn vor diesem berühmten südkalifornischen Sonnenschein schützten.

Von seinem riesigen, luxuriösen Nest aus hielt er den Finger am Puls der Weltwirtschaft. Er verfügte über mehr Informationen, als manche der großen Wall-Street-Brokerhäuser von all ihren Zweigstellen erhielten. Er besaß mehr Geld als viele kleine Nationen, und mit diesem Geld hatte er sich hier in Los Angeles eine wundervolle Existenz gekauft. Herrliche Kunstwerke. Exquisite Kleidung und Autos.

Schöne Menschen.

Die Gegensprechanlage summte und William sagte: »Mr. McDonald von Wolfram und Hart ist hier, Sir.«

Ah, eine weitere meiner Vorsichtsmaßnahmen.

»Führen Sie ihn herein, William.«

William, der Butler, begleitete Lindsey McDonald vom Foyer des Herrenhauses ins Arbeitszimmer. Es war ein Weg, den Lindsey schon viele Male gegangen war, und dennoch beeindruckte – und inspirierte – er ihn immer wieder. Uniformierte Dienstmädchen, die wienerten und reinigten, alles verriet unglaublichen Reichtum und unvorstellbare Macht. Das genau war es, wonach Lindsey sich sehnte.

Er würde alles tun, um es zu bekommen.

»Hallo, Mr. Winters, tut mir Leid, dass ich Sie zu Hause stören muss«, sagte er höflich, als William nach einer Verbeugung das Zimmer verließ, sodass sie unter sich waren.

Mr. Winters spulte das Video zurück. Es war das Mädchen. Das junge, schöne, tote Mädchen.

»Ein Mann fühlt sich nur vom Anblick eines Mitarbeiters seiner Anwaltskanzlei gestört, wenn er schlechte Nachrichten bringt«, sagte Mr. Winters leichthin, die Augen auf das Video gerichtet. »Werde ich mich gestört fühlen, Lindsey?«

»Nein«, versicherte ihm Lindsey mit ausdruckslosem Gesicht, das nur seine Professionalität verriet, obwohl er sehr stolz auf all die Dinge war, die er in den letzten 24 Stunden für Russell Winters getan hatte. »Die Eltron-Fusion verläuft problemlos. Sie haben sich mit allem einverstanden erklärt, nachdem Sie mit ihrem Aufsichtsrat ... verhandelt haben. Wir werden Ihnen die endgültige Fassung der Verträge morgen in Ihrem Büro vorlegen.«

Mr. Winters nahm dies zur Kenntnis. »Trotzdem sind Sie heute hier.«

Lindsey nickte und warf einen Blick auf das Mädchen auf dem Bildschirm.

Mr. Winters sagte: »Sie hatte etwas, nicht wahr?« Er spulte das Band erneut zurück. »Es ist ein wenig traurig, wenn jemand getötet wird, der noch so jung ist.«

Lindsey starrte das Mädchen an, öffnete dann ruhig seine

Aktentasche und nahm einen Stoß Dokumente heraus, die er Mr. Winters zeigte.

»In Wirklichkeit haben Sie sie seit mehreren Wochen nicht mehr gesehen«, informierte er den Klienten seiner Kanzlei. »Sie waren gestern in einer Konferenz mit Ihren Vertragsanwälten, als sich der unglückliche Zwischenfall ereignete. Und wir haben einen Zeugen aufgetrieben, der bei der Polizei aussagen wird, dass er einen dunkelhäutigen Mann mit Blut an den Händen vom Tatort fliehen sah.«

Winters war beeindruckt. »Zahle ich euch Burschen bei Wolfram und Hart genug?«

Er schießt, er trifft! »Ja«, erwiderte Lindsey ruhig. »Bis morgen dann.«

Er verbarg sein Triumphgefühl, als er die Papiere zurück in seine Aktentasche steckte, während sich Mr. Winters das Video weiter anschaute. Neue Szenen von derselben Party flimmerten über den Bildschirm.

»Wer ist das?«, fragte Mr. Winters mit interessiert klingender Stimme.

Lindsey blickte auf den Monitor. Er sah eine temperamentvolle junge Frau mit einer hinreißenden Figur und üppigen schwarzen Haaren. Überaus bezaubernd. Sogar noch bezaubernder als die von gestern. Atemberaubende Wangenknochen. Und was für ein Lächeln.

Nachdenklich schloss er seine Aktentasche und fragte: »Soll ich die Kanzlei darüber informieren, dass diese junge Dame möglicherweise eine andere … langfristige Investition darstellt?«

Mr. Winters betrachtete das Bild des Mädchens. »Ich glaube nicht. Ich will nur etwas zu essen. Was mich an etwas erinnert. Kaufen Sie vierhunderttausend Anteile von Short Brew Food Supplies.«

Lindsey machte sich im Geiste eine Notiz.

In Mr. Winters' Nähe machte er sich ständig Notizen.

Er ließ keinen Moment in seiner Aufmerksamkeit nach.

Lindsey war das Urbild des Professionalismus, ohne jeden Ehrgeiz, frei von Gier. Er war der perfekte Anwalt für einen Mann – ein Ding – in Mr. Winters' Position. Diskret, loyal, unkritisch. Wofür Mr. Winters das Gesetz auch brauchte, das Gesetz würde es tun.

Lindsey McDonald würde dafür sorgen.

Die U-Bahn von Los Angeles war ein kontroverses Massenverkehrsprojekt aus dem Getto gewesen. Mindestens zwei Bauarbeiter waren gestorben. Darüber hinaus hatte es sein Budget dermaßen überschritten, dass manche Streckenteile 300 Millionen Dollar pro Kilometer kosteten.

Mit den riesigen Bohrmaschinen, die eingesetzt wurden, hatten die Bauarbeiter Fossilien ausgegraben, die achteinhalb Millionen Jahre alt waren. In North Hollywood stieß eine Grabungsmannschaft auf den Fliesenboden des Gebäudes, in dem der Vertrag unterzeichnet worden war, der die kalifornische Phase des mexikanisch-amerikanischen Krieges beendete. In den neuen Tunneln unter der Union Station waren Tausende von Artefakten aus dem ersten Chinatown von Los Angeles gefunden worden.

Es gab Gerüchte, dass auch viele andere Dinge ausgegraben worden waren; Dinge, die von den Experten nicht identifiziert werden konnten: Seltsam geformte Knochen, bizarre Objekte, die man derzeit als »asiatische Miszellaneen« bezeichnete.

Angel kam es immer wahrscheinlicher vor, dass Sunnydale Los Angeles nicht das Wasser reichen konnte.

Er saß allein in der Dunkelheit eines der unterirdischen Bautunnel. Das ferne Grollen der U-Bahn war wie das warnende Knurren eines riesigen Tiers.

Doyle kam langsam auf ihn zu. Offenbar wusste er über Tinas Tod Bescheid.

Düster sagte Angel: »Sie wollte nach Hause fahren.«

Doyle sah ihn mitfühlend an. »Ja.«

»Ich möchte den zuständigen Mächten zu ihrem großartigen Plan beglückwünschen. Ich habe den Tag wirklich gerettet.«

»Es hat nicht funktioniert«, stimmte Doyle zu.

»Es hat nicht funktioniert?«, wiederholte Angel verärgert. »Tina ist *tot*. Ein Vampir hat ihr die Kehle aufgerissen. War das der große Plan?«

»Niemand kontrolliert die Zukunft. Du bist ein Soldat. Du kämpfst.« Er gestikulierte. »Und manchmal verlierst du.«

Das stimmte. Er hatte früher schon verloren. Buffy hatte früher schon verloren.

Selbst die Besten waren nicht immer die Besten.

»Ich … ich habe es versucht«, sagte er schwerfällig. »Und es hat nicht genügt. Ich sollte ihr helfen …«

Doyle unterbrach ihn. »Ich weiß es nicht. Vielleicht sollte sie *dir* helfen. Vielleicht hatte sie etwas, das sie dir geben konnte.«

»Was zum Beispiel?«

»Trauer.«

Angel sah ihn nachdenklich an.

»Hier treibt sich ein besonders übler Vampir herum. Reich, geschützt; er kann alles tun, was er will. Er hat getötet, und er wird weiter töten, bis jemand verrückt genug ist, ihn zu stoppen.«

Er sah Angel ins Gesicht. »Was du brauchst, Junge, ist eine kleine Therapie. Du hast große Schmerzen. Es wird Zeit, dass du sie mit jemandem teilst.«

Angel dachte darüber nach. Wie konnte man einen derartigen Schmerz teilen? Er war persönlich. Wichtiger noch, er war notwendig für seine Seele.

Oder nicht?

Rumänien, 1898

Im Winter des Jahres 1899 bestieg Angelus eine Kutsche durch die Karpaten, um sich mit Spike und Drusilla zu treffen. Zu seinen Reisegenossen gehörten eine alte Anstandsdame und ihr reizendes Mündel, eine hinreißende junge Erbin. Die Geistergeschichten, die die Alte erzählte, ließen ihn unwillkürlich grinsen. Er fragte sich, was sie wohl denken würde, wenn sie wüsste, was für eine Art Monster ihr gegenüber saß und einen französischen Roman las.

In der zweiten Nacht der Reise brach die hintere Achse der Kutsche und sie schlingerte gefährlich nah am Rand einer tiefen Schlucht entlang. Die Frauen waren wie Hennen – sie kreischten und flogen im Innern der Kutsche herum, und Angelus kam nur deshalb mit dem Leben davon, weil er die Sache selbst in die Hand nahm. Er befahl seinen Mitreisenden, sich zu ihm auf die andere Seite der Kutsche zu setzen, sodass sie gemeinsam ein Gegengewicht bildeten. Er stieg als Erster aus (natürlich) und trieb die Pferde nach rechts, weg vom Abgrund. Danach half er den halb ohnmächtigen Damen heraus, und mit Hilfe der Pferde gelang es ihm schließlich, die Kutsche in Sicherheit zu bringen.

Der Kutscher war abgeworfen worden und hatte sich das Genick gebrochen. Obwohl Angelus den Damen versicherte, dass er eine Kutsche fahren oder sie vorzugsweise auf dem Rücken der Pferde zum nächsten Dorf führen könne, verfielen sie wieder in blinde Panik. Sie schrien und jammerten so laut, dass sie schließlich ein Rudel Wölfe anlockten. Die Kreaturen der Nacht kreisten die drei Reisenden ein und starrten sie mit hungrigen, leuchtenden Augen an, während heftiger Schneefall einsetzte.

Die Pferde scheuten und wieherten, und die Wölfe ließen ihre Muskeln spielen und bereiteten sich auf den Angriff vor. Als sich Angelus zwischen sie und die Pferde stellte, wichen sie jedoch unterwürfig zurück.

Was die beiden Frauen anging, so klammerten sie sich aneinander und begannen zu beten und das Kreuz zu schlagen, bis es Angelus nicht länger ertragen konnte. Er riss der alten Frau die Kehle auf, was die Wölfe dazu veranlasste, die Pferde anzufallen. Er konnte zwei der Zugtiere retten, doch zu seinem Bedauern nutzten die Wölfe die Gelegenheit, um die junge Erbin zu verschleppen. Ihre Blutspuren im Schnee verrieten Angel, wohin sie sie gezerrt hatten, aber er sagte sich, dass inzwischen nichts mehr von ihr übrig sein konnte, wofür sich ein Rettungsversuch lohne.

So machte er ein Feuer und saß eine Weile davor. Der Schneesturm wurde stärker, und er fragte sich, wo er wohl Schutz finden könne, wenn die Sonne aufging. Er betrachtete die Kutsche und entschied, dass sie ihm im Notfall als Unterschlupf dienen könne. Aber was für eine enge, langweilige Zuflucht würde sie sein. Vielleicht würde der dichte Schneefall genügen, um die morgendliche Helligkeit in Schach zu halten.

Das Feuer prasselte, und er saß da und trommelte mit den Fingern auf den Boden. Hin und wieder wagte sich ein Wolf in seine Nähe, spürte aber, was Angelus war, und zog sich sofort wieder zurück.

Eine Stunde schleppte sich dahin. Dann fiel der Schnee so dicht, dass er nicht einmal mehr seine Taschenuhr sehen konnte und er fragte sich, ob Spike und Dru bereits Budapest erreicht hatten.

Dann, aus den weißen Wirbeln, tauchte eine blonde Frau auf. Sie sang mit süßer Stimme vor sich hin, und als er den Kopf zur Seite legte und mit zusammengekniffenen Augen durch den Sturm zu ihr hinüberspähte, sagte sie: »Hallo, Liebster.«

Darla. Seine wundervolle Darla.

»Nettes Wetter haben wir, was?«, scherzte er.

Es war, als hätten sie sich niemals getrennt. Sie kam zu ihm und küsste ihn, und sie kuschelten sich im Schnee aneinander, ohne die bittere Kälte zu spüren. Ihre Augen waren von einem kristallinen Blau wie der zugefrorene Siretul-Fluss. Ihre Lippen rosa und glänzend. Sie war noch schöner als in seiner Erinnerung.

»Wo bist du gewesen, du ungezogener Mann?«, schalt sie ihn scherzhaft.

»Auf dem Weg nach Budapest«, informierte er sie.

»Allein?« Sie berührte sein Gesicht. Er verwandelte sich für sie. Und sie für ihn.

»Jetzt nicht mehr.«

Sie rollten sich im Schnee und tollten herum wie die Wölfe, die sie beobachteten.

Die Wölfe, die klug genug waren, diese wundervollen räuberischen Wesen nicht anzugreifen.

Um die Mitte des nächsten Tages hörte es auf zu schneien und die Sonne kam hervor. Angelus und Darla versteckten sich in der Kutsche und vergnügten sich miteinander.

Die Pferde hatten den Sturm überlebt, und die beiden Vampire schwangen sich auf die Rösser und ritten ohne Sattel los.

Sie erreichten schließlich Budapest, wo sie Spike und Dru trafen. Aufgrund eines Erdbebens und der köstlichen Panik, die unter der menschlichen Bevölkerung ausbrach, fiel den vieren die Beute wie reife Äpfel in den Schoß. Es war ein Blutsauger-Bacchanal.

Mehr konnte sich ein Vampir vom Leben nicht wünschen.

Anschließend erzählte Dru von Spanien und wie sehr sie sich danach sehnte, dorthin zurückzukehren. Darla weigerte sich, mitzugehen. Sie hatte sehr schlechte Erinnerungen an die spanische Inquisition, die keine sonderlich glückliche Zeit für die Kreaturen der Nacht gewesen war. Obwohl sich die barbarische Inquisition auf Menschen konzentriert hatte, die der Hexerei und Ketzerei beschuldigt wurden, hatten die Mönche und Priester die Macht des Bösen in der Welt spürbar geschwächt.

Darla wollte unter allen Umständen auf dem Balkan bleiben. Spike nutzte die Gelegenheit und bot sich an, Dru allein nach Spanien zu begleiten – mit der Betonung auf allein, vielen Dank –, während Angel »seine Schöpferin eskortieren« sollte.

So wurde es entschieden, auch wenn Drusilla etwas geknickt war. Sie würden sich später im Jahr in Budapest wieder treffen.

Aber natürlich kam es nicht dazu.

Darla und Angelus kehrten in die rumänischen Wälder zurück und durchstreiften das Land wie die Wölfe, die des Nachts zu ihnen sangen.

In dieser Zeit stellte sie ihm auch den Meister vor, einen uralten Vampir, der zu seinen Lebzeiten den Namen Heinrich Joseph Nest getragen hatte. Angelus sah nur sein wahres Gesicht, und es war dämonischer als sein eigenes, sehr bleich, fast rattenhaft. Angelus beneidete ihn um sein Aussehen.

Darla gehörte zweifellos zu den Lieblingen des Meisters, und er schloss ihr Blutskind Angelus sofort in sein totes Herz. Um ihn zu beeindrucken, erzählte sie ihm von Angelus' zahllosen Missetaten. Und schon bald gehörte dieser zum inneren Kreis des Meisters, der häufig sagte, dass Angelus die bösartigste Kreatur sei, die er je getroffen habe. Er versprach Angelus, dass der Tag kommen werde, an dem seine Pläne zur Erringung der Weltherrschaft Wirklichkeit würden – mit Angelus an seiner Seite.

Im Gegenzug schwor Angelus, dem Meister treu und hingebungsvoll zu dienen. Es war ein Schwur, den er nicht leichtfertig leistete und den er auch zu halten gedachte.

Damals.

Das idyllische Jahr verging, und der Sommer kam. Angelus hatte sich einverstanden erklärt, Spike und Drusilla im September zu treffen, und jetzt war es August.

Vielleicht hatte Darla vor, ihn bei sich zu behalten, am Hof des Meisters. Er bekam jedoch nie die Gelegenheit, sie danach zu fragen.

In einer lauen Nacht hatten sie gelacht und sich geliebt, wobei sie exotische Seidenkimonos trugen, die eines der Kinder des Meisters von einem Beutezug durch Japan mitgebracht hatte. Ihre kalte Haut unter der Seide erregte ihn, ihre Küsse entflammten ihn.

Dann führte sie ihn auf eine mitternächtliche Jagd durch den Wald. Einige Rumänen waren am Tage eingetroffen und hatten den Fehler gemacht, ihre Wagen im Jagdrevier der Vampire abzustellen.

»Was für ein Spaß«, sagte Angelus leise.

»Sieh mal dort, Liebster.«

110

Darla deutete auf die schönste Frau, die Angelus je gesehen hatte. Sie trug ein langes gestreiftes Kleid und eine weite weiße Bluse, und ihre atemberaubende Figur wurde von einem engen Mieder betont. Sie war barfuß, und an jedem Knöchel klingelten Ketten aus Gold. Ihr schwarzes Haar fiel ihr offen auf die Schultern, und ihr Gesicht ... ah, wie der Mond selbst.

»Für dich«, sagte Darla großzügig. »Denn ich weiß, dass du die feinen Dinge im Leben schätzt.«

Sie lächelten sich an.

Dann trennten sie sich, um mit ihrer Beute zu spielen. Darla würde einen hübschen jungen Mann finden, dessen war sich Angelus sicher. Und in der Zwischenzeit ...

»Hallo«, sagte er sanft, als er sich der bezaubernden Zigeunerin näherte, die allein am Fluss entlangspazierte.

Sie fuhr zusammen. Der ängstliche Ausdruck auf ihrem Gesicht verschwand nicht, als er aus dem Schatten heraustrat. Ihre Augen irrten nach rechts und links.

Er wies auf seinen Mund. »Ich bin durstig.«

Sie blinzelte. »*Pai?*«, fragte sie mit weicher, angenehmer Stimme.

»*Pai*«, bestätigte er und lächelte freundlich. Er konnte ihr Herz hören; es hämmerte. Sie hatte Todesangst.

»Ich bin mit Freunden unterwegs und habe sie verloren«, sagte er auf Englisch. »Ich irre schon seit Stunden durch den Wald.«

Kaum hatte er diese Worte gesagt, rannte sie davon. Angelus sah ihr nach, amüsiert und völlig hingerissen. Er entschloss sich, sie hier und jetzt für sich zu gewinnen.

Der Ausdruck von Grauen und Verrat, der sich auf ihrem Gesicht zeigen würde, wenn er ihr das Leben nahm, würde das Töten umso süßer machen.

Und so war es auch. Es war der wundervollste Mord, den er bis zu diesem Zeitpunkt begangen hatte. Sie war zu ihm gekommen und hatte in dem holperigen Englisch, das er ihr beigebracht hatte, gesagt: »Angelus, ich liebe dich.«

Dann hatte sie ihn mit ihren süßen Lippen geküsst. Im Gegensatz zu dem weit verbreiteten Vorurteil waren Zigeunerfrauen trotz ihres Temperaments keusch bis zu ihrer Hochzeit.

Da es zu einer derartigen Hochzeit niemals kommen konnte und würde, entschied Angelus, dass dies der Moment war, in dem er seinen Triumph über sie feiern konnte. Er sorgte dafür, dass sie seine Verwandlung sah, und er achtete darauf, ihr einen kurzen Vorsprung zu geben, bevor er sie schließlich zu Boden warf und ihr die Kehle aufschlitzte.

Doch Angelus wusste nicht, dass er bei der Ermordung des Mädchens, dessen Namen er noch immer nicht kannte, beobachtet worden war.

Er hatte einen Rivalen, einen forschen Zigeuner, der die Frau aus der Ferne bewundert hatte, sich ihrer aber für unwürdig hielt. Sie war die Lieblingstochter der Sippe, und er war nur einer von vielen Vettern.

Das hinderte ihn nicht daran, sie zu lieben, und er fragte sich, wer es wohl war, der ihr Herz erobert hatte.

Obwohl er sich dafür schämte, war er ihr in jener Nacht gefolgt.

Und hatte es gesehen.

Im Zigeunerlager wurde das Mädchen liebevoll aufgebahrt. Ihr Bestattungsgewand war das beste, das die Sippe besaß. Die Totenklage war für Angelus eine köstliche Ode an seine Grausamkeit. Und so verharrte er auf dem Rückweg zum unterirdischen Versteck des Meisters, um sie sich anzuhören. Er hatte nicht erwartet, dass man sie so schnell finden würde. Jetzt war er hin- und hergerissen zwischen dem Drang, ins Lager zu schleichen und zu sehen, was passiert war, und dem Wunsch, an den Hof des Meisters zurückzukehren und mit seiner Missetat zu prahlen.

»*Mulo*«, murmelte die Zigeunerin. Es war das Roma-Wort für eine tote Person, die mit Unreinheit assoziiert wurde, und es bedeutete Vampir.

Sie trug einen Schal und hatte das Siegel an ihre Stirn gemalt. Über dem Kristall von Thesulah bewegte sie ihre Hand hin und her und begann mit der Beschwörung:

Nici mort nici al fiintei,
Te invoc, spirit al trecerii
Reda trupului ce separa omul de animal
Cu ajurtorul acestui magic glod de cristal.

Nicht tot, nicht von den Lebenden,
Geister des Zwischenreichs, ich rufe euch.
Gebt dem fleischlichen Gefäß das zurück,
was uns vom Tier unterscheidet.
Nutzt den Kristall als euren Führer.

Tief im Wald zuckte ein grausiger Schmerz durch Angelus. Er stolperte, sah über seine Schulter, versuchte zu erkennen, was ihn angegriffen hatte. Doch da war nichts.

Keuchend sank er auf die Knie.

Nie zuvor hatte er derart schreckliche Qualen gespürt. Er wurde von innen zerrissen, von einem unsichtbaren Feind. In kopfloser Flucht rannte er durch den Wald, stürzte wieder und verlor für einen Moment das Bewusstsein.

Als er auf die Knie kam, benommen und verwirrt, trat ein alter Zigeuner auf ihn zu und baute sich vor ihm auf.

»Es schmerzt, ja?«, sagte er auf Englisch. »Gut. Es wird noch mehr schmerzen.«

Angelus war wie betäubt. »Wo bin ich?«

Der Mann war voller Verachtung, Bitterkeit und Zorn. »Du erinnerst dich nicht. An alles, was du in 100 Jahren getan hast, wirst du dich erinnern, und zwar in Kürze. Die Gesichter aller, die du getötet hast – das Gesicht unserer Tochter –, werden dich verfolgen, und du wirst erfahren, was wahres Leid ist.«

»Getötet?«, wiederholte Angelus verwirrt. Er dachte: Wo ist Sandy Burns? Wo ist diese bezaubernde Frau, der ich in die Gasse gefolgt bin ...?

»Ich kann mich nicht ...«

Blitzartig trafen ihn die Erinnerungen – Darla; seine Verwandlung, sein Wüten, die Qualen, die er seinen Opfern bereitet hatte. Drusilla. Diener, Ladys, Männer, Kinder, Babys.

Das Zigeunermädchen, so süß und so vertrauensvoll ... Er hatte all das getan.

»Oh, nein, nein.« Seine Schuld war unerträglich. »*Nein!*«

Während der Zigeuner ihn mit Genugtuung betrachtete, begann Angelus zu schreien.

BUFFY

———————————

»Sie war meine erste Liebe. Ich sage nicht, dass es eine einfache Beziehung war. Aber sie war real. Ich schätze, ich wusste, dass sie nicht halten konnte. Sehen Sie, ich wurde von Zigeunern mit einem Fluch belegt. Wenn ich jemals einen Moment des wahren Glücks erleben würde, wenn meine Seele jemals Ruhe findet, werde ich sie verlieren und wieder zu einem Ungeheuer werden. Deshalb musste ich fortgehen. Ich wollte die Welt aussperren. Keine Liebe mehr, keinen Schmerz mehr, keine Dämonen mehr.«

Und das war es, worauf es letztendlich hinauslief: der Kummer hatte einen Namen. Buffy.

Darla hatte ihn verführt. Er hatte Drusilla verdorben. Faith hatte er im Stich gelassen.

Tina war tot. Tina, deren Vertrauen zu oft enttäuscht worden war; die vor der einen Person davongelaufen war, vor der sie nicht hätte davonlaufen sollen.

Aber Buffy …

Jeder Gedanke, den er hatte, jede Erinnerung, die ihn seit seiner Rückkehr nach Los Angeles befallen hatte, handelte von seiner Liebe zu der Jägerin.

Er hatte sich auf den ersten Blick in Buffy verliebt. Er erinnerte sich noch gut, dass er es ihr einmal gesagt hatte; dass sie ihm ihr Herz entgegenhielt und er es an seine Brust drücken wollte. Es hatte ziemlich übertrieben geklungen, und sie hatten beide darüber lachen müssen.

Er lächelte wehmütig, als er jetzt daran dachte. Er dachte dauernd an sie. Versuchte sich vorzustellen, was sie gerade machte.

Der Schmerz übermannte ihn.

Buffy ...

Er erinnerte sich an ihre Nacht, ihre einzige Nacht; und während er dies tat, erkannte er, dass er endlich Lebwohl sagte. Die Erinnerungen würden allmählich verblassen.

Und das schmerzte am meisten.

Die Erinnerungen würden verblassen.

Sunnydale, 1998

Der blaue Dämon, genannt der Richter, hatte versucht, sie zu verbrennen, sie wegen ihrer Menschlichkeit zu töten, um so seine negativen Energien zu stärken. Gemeinsam, in dem seltsamen, fast telepathischen Zustand, den sie teilten, hatten Buffy und Angel ein Ablenkungsmanöver inszeniert – einen Turm aus Fernsehern umgekippt, die glücklicherweise den Boden durchschlagen hatten.

Voilà, schon war für einen Fluchtweg gesorgt.

Zu ihrem beiderseitigen Missfallen waren sie in den Abwasserkanälen gelandet. Schweigend waren sie, da kein Grund bestand, miteinander zu reden, durch die stinkende Brühe gewatet, bis sie eine offene Wartungstür entdeckt hatten. Mit einer Schnelligkeit, um die sie jeder Soldat einer Spezialeinheit beneidet hätte, waren sie durch die Tür gestürmt und hatten sie hinter sich geschlossen.

Kurz darauf tauchten Spikes und Drus Gefolgsleute auf. Die beiden waren ihnen dicht auf den Fersen, aber sie konnten die fast unsichtbaren Fugen der geschlossenen Tür nicht sehen und waren weitermarschiert.

Nachdem sie ein paar Minuten länger gezögert hatten, als es ihrer Meinung nach nötig war, kehrten Buffy und Angel in den Tunnel zurück. Wie von einer gut geplanten Stadt zu erwarten war, befand sich eine Leiter in der Nähe, die nach oben zur Straße führte.

Der Regen fiel in Strömen und überzog die Straße mit einem glatten, glänzenden Film, als Buffy den Gullydeckel zur Seite wuchtete. In dem Moment, als Angel herausklet-

terte und sich forschend umsah, überkam sie ein fast
unkontrollierbares Zitttern.

»Komm«, rief er über das Grollen des Donners hinweg.
»Wir müssen nach Hause.«

Sie schleppten sich durch das Unwetter zu seinem Apartment. Stets galant – möglicherweise ein Relikt aus der Zeit,
als er geboren wurde – öffnete er für sie die Tür und ließ sie
zuerst eintreten.

Als sie in der Mitte des Zimmers stand, sah Buffy in dem
trüben Licht noch verfrorener aus. An der Wand, dicht über
seinem Bett, schuf das Spiegelbild des am Fenster hinunter-
laufenden Regens eine seltsame kinetische Skulptur.

Angel zog seinen Mantel aus, trat zu ihr und streichelte
ihre Schultern. »Du zitterst wie Espenlaub«, sagte er.

Sie nickte und fröstelte heftig. »K-kalt.«

»Ich werde dir etwas holen.« Er ging zu seinem Kleider-
schrank und nahm einen weiten weißen Pullover und eine
Jogginghose heraus. Beides roch, als wäre es frisch aus dem
Trockner gekommen.

Er gab ihr die Sachen und sagte: »Zieh das an und leg dich
dann ins Bett. Nur um dich aufzuwärmen.«

Etwas zögernd, vielleicht sogar ein wenig schüchtern und
befangen, ging Buffy zu seinem ordentlich gemachten Bett.
Sie blieb eine Sekunde davor stehen, bevor sie sich auf die
Matratze setzte, das Bündel frischer Kleidung in ihren
Armen. Die Bettdecke und der Kissenbezug waren schar-
lachrot.

Der Regen warf weiter sein nieselndes Muster an die
Wand. Ferner Donner grollte.

Blitze zuckten.

Angel kam zu ihr und sah sie an. Als sie zu ihm aufblickte,
dämmerte ihm, dass er sie anstarrte. »Tut mir Leid«, sagte er
und wandte sich ab.

Trotzdem war sie ihm ganz nah. Er konnte sie fast riechen,
die Feuchtigkeit ihres Haares, die lockende Frische ihrer
Haut. Buffy roch immer gut, auch wenn sie da ihre eigenen
Ansichten hatte.

Sie war verlegen, als sie die durchweichte Strickjacke ihres Twinsets aufknöpfte. Als sie den linken Arm ausstreckte, stöhnte sie leise. Irgendetwas stimmte mit ihrer Schulter nicht.

»Was ist?«

»Oh, äh. Ich ... ich habe mich nur geschnitten oder so«, murmelte sie, als sie ihren Pullover ausgezogen hatte. Er wusste, dass sie wusste, dass er es sich ansehen wollte, und sie verhielt sich so schüchtern, dass es herzergreifend war.

»Kann ich ... Lass mich mal sehen.« Seine Stimme klang sanft, aber fest. Er würde keinen Widerspruch dulden. Wenn Buffy verletzt war, wollte er es sehen.

»Okay.« Verlegen hielt sie sich den Pullover vor die Brust, um ihre Blöße zu bedecken. Er war von ihrer Unschuld gerührt. Dies war eine Buffy, auf die er hin und wieder einen Blick erhascht hatte, aber sie hier zu sehen, in seinem Zimmer, auf seinem Bett ... das gab ihm das überwältigende Gefühl, sie beschützen zu müssen.

Er setzte sich hinter sie aufs Bett, und sie drehte sich, um ihm die Wunde auf ihrem Rücken zu zeigen.

Seine Finger berührten ihre Schultern, als er ihr den Spaghettiträger ihres Hemdchens abstreifte. Seine Berührung war unendlich sanft und zärtlich. Mit beiden Händen fuhr er ihr oben über den Rücken. »Sie schließt sich bereits«, sagte er heiser. »Du bist in Ordnung.«

Keiner von beiden bewegte sich. Buffy zitterte noch mehr, Angel schluckte hart. Er war sicher, ihren Herzschlag zu hören, oder war es sein eigener Puls, der da, auf magische Weise reaktiviert, durch seinen Körper raste, als seine Arme sie umfingen?

Sie drehte sich um, lehnte sich an ihn. Atmete ihn ein. Tränen traten in ihre Augen. Er war von ihrer Nähe überwältigt, von der Tatsache, dass er sie fast verloren hätte. Dass er heute Nacht gedacht hatte, er würde sie vielleicht niemals wieder sehen.

Wie als Echo seiner Gedanken sagte sie: »Du wärst heute fast fortgegangen.«

Seine Fingerspitzen streichelten ihren Arm, während er sie hielt. Spannung versteifte seinen Körper. Er sorgte sich um sie; er kämpfte gegen das an, was sie beide übermannte: die Furcht und die Sehnsucht. Er erinnerte sich ständig daran, wie jung und unschuldig sie in diesen Dingen war. Wie sollte es auch anders sein? Sie verbrachte ihre meiste Zeit damit, Monster zu bekämpfen, nicht Jungs zu küssen.

Er sagte: »Das gilt für uns beide.«

Sie fing an zu weinen. »Angel, ich habe das Gefühl, als ... als hätte ich dich verloren ...« Sie atmete tief durch. »Aber du hast Recht. Es gibt keine Sicherheit für uns.« Ihre Lippen glitten über sein Gesicht, und sie weinte.

»Schsch, ich ...«

Sie öffnete die Augen und wartete. Sah ihn an. »Ja?«

»Ich liebe dich.«

Und als er dies sagte, leuchteten ihre Augen auf, obwohl in ihnen noch immer Tränen schimmerten. Er liebte Buffy. Er wusste, dass sie sich danach gesehnt hatte, das zu hören. Seit sehr langer Zeit schon, und dennoch lag eine schreckliche Traurigkeit in seinen Worten, in dem Wissen um das, wovon er kaum zu träumen gewagt hatte. Angel liebte sie, und jetzt, wo er dies wusste, hatte er so viel mehr zu verlieren.

»Ich versuche, dagegen anzugehen. Aber ich schaffe es nicht«, sagte er mit gebrochen klingender Stimme.

»Ich auch.« Ihre Stimme zitterte, als die Gefühle sie übermannten. »Ich schaffe es auch nicht.«

Sie küssten sich. Der Kuss wurde intensiver. Gemeinsam überquerten sie eine Brücke, gingen zu einem Ort, an dem sie noch nie zuvor gewesen waren. Buffys Herz klopfte laut, wie in dem Wissen, dass dieser Kuss der Beginn von etwas Größerem war. Dies war eine Besiegelung und ein Versprechen und ein erster Schritt.

Ihre Leidenschaft wuchs. Angel hungerte danach, sie zu schmecken; er zitterte vor Sehnsucht nach ihr.

Keuchend löste er sich von ihr. »Buffy, vielleicht sollten wir nicht ...«

119

»Still.« Sie berührte sein Gesicht, hielt es in den Händen. »Küss mich nur.«

Ihre Lippen trafen sich wieder und wieder.

Angel drückte Buffy auf sein Bett. Sie ist so schön, dachte er. Sie fühlt sich so wundervoll an. Ihre Haut, ihr Haar … Er atmete sie ein. Ihr Duft, die seidige Glätte ihres Halses, ihrer Schultern. Ihrer Hände, die ihn liebkosten.

Oh, Buffy, Buffy, ich will mich in dir verlieren.

Liebe mich.

Als sie miteinander verschmolzen, war Angel von überwältigendem Glück erfüllt. Zum ersten Mal seit zweihundertzweiundvierzig Jahren hatte er Hoffnung auf den Himmel.

Der Donner grollte und krachte.

Angel schreckte aus dem Schlaf hoch, als ihn ein unerträglicher Schmerz durchzuckte. Weiß glühende Pein durchsengte seinen Körper und seine Seele.

Keuchend kämpfte er dagegen an. Es war ein altbekannter Schmerz, und er wusste, was er bedeutete. Er wusste, was kam, und er bemühte sich verzweifelt, es aufzuhalten. Er klammerte sich schwer atmend an das Laken, während Buffy an seiner Seite schlief.

Nein, nein, nicht jetzt … es kann nicht sein … Buffy …

Alles zerbrach in Stücke. Während er sich verkrampfte, klammerte er sich an diesen einen Gedanken: Er musste so viel Distanz wie möglich zwischen ihr und sich bringen.

Sie beschützen … oh, mein Liebling, oh, Buffy …

Sie vor mir beschützen …

Angel zog sich an und stolperte hinaus in den Sturm, in die Wildnis der Nacht. Er klammerte sich an die Hoffnung, dass es aufhören, dass es nicht geschehen würde. Aber als er auf die Knie fiel, wusste er: Seine Seele wurde ihm erneut entrissen.

»Buffy!«, schrie er.

Ihr galt der letzte Gedanke des Mannes, der sie liebte.

Dann verschwand der Schmerz.

Und wuchs trotzdem weiter.

Sunnydale, 1998

Buffy wusste, dass er versuchte, das Ende der Welt herbeizuführen. Sie wusste auch wie. Es kümmerte ihn nicht, ob auch sie den Grund dafür kannte.

Er wusste nur, dass er sie so schnell wie möglich töten musste, oder alles war verloren.

Sie war zu ihm gekommen, bewaffnet mit einem mächtigen Schwert, das sie von Kendra bekommen hatte, der Jägerin, die vor kurzem von Drusilla getötet worden war. Während sie miteinander kämpften, hatte Willow den Beschwörungszauber zur Wiederherstellung seiner Seele durchgeführt.

Aber das wusste er nicht; und in seinem Zustand hätte er es auch nicht gewollt. Alles, was er wollte, war, Buffy zu töten, damit sie seinen Plan nicht durchkreuzen konnte, jeden lebenden Menschen direkt zur Hölle zu schicken.

Er kämpfte mit ihr und setzte dabei seine ganze Kraft ein, und an einem Punkt glaubte er, gewonnen zu haben. Also hatte er sich die Zeit genommen, mit ihr zu spielen – was schon immer Angelus' Schwäche im Umgang mit seinen Feinden gewesen war. Die Versuchung, den Sieg mit etwas Grausamkeit zu würzen, war zu verlockend, um ihr widerstehen zu können.

Im Garten des Herrenhauses, das er sich mit Spike und Dru teilte, die nach Sunnydale gekommen waren, um sich hier niederzulassen, lag die Jägerin rücklings auf den Steinplatten. Sie war erledigt, ihr Widerstand gebrochen, und zu seinem Spaß hielt er ihr das Schwert vor das Gesicht und genoss jeden Moment ihrer Qualen.

»Das war alles?«, hatte er mit gespielter Besorgnis gefragt. »Keine Waffen, keine Freunde. Keine Hoffnung. Nimm all das weg, und was bleibt?«

Seine Worte trafen Buffy. Sie sah erschöpft und schrecklich traurig aus. Sie schloss die Augen.

Er stieß mit dem Schwert zu und zielte direkt auf ihr Gesicht.

Ohne die Augen zu öffnen, schlug sie die Hände um die Klinge zusammen und stoppte sie wenige Zentimeter vor ihrem Gesicht.

»Ich«, sagte sie.

Sie stieß das Schwert zurück, sodass ihn der Knauf im Gesicht traf, und trat ihm mit aller Wucht gegen die Brust.

Er flog ins Herrenhaus und landete hart auf dem Boden. Er sprang auf, und sie griff ihn, mit dem Schwert in der Hand, an und prügelte auf ihn ein, während er mit seinem eigenen Schwert ihre Hiebe abwehrte. Sie trieb ihn zurück.

Sie schlug ihm die Waffe aus der Hand und fügte ihm dabei eine Schnittwunde zu.

Er stand vor ihr, erschöpft und besiegt.

In diesem Moment beendete Willow im Krankenhaus das Ritual, das ihm seine Seele wiedergeben sollte.

Wieder von unerträglichen Schmerzen erfüllt, fiel Angel auf die Knie.

Buffy wollte ihm schon den Kopf abschlagen, als er zu ihr aufblickte.

Sie musste das Leuchten seiner Seele in seinen Augen gesehen haben, aber selbst nachdem er leise »Buffy?« gerufen hatte, trat sie einen Schritt zurück und blieb wachsam.

»Buffy, was ist denn los?«, fragte er und sah sich um. »Ich kann mich an nichts erinnern. Wo sind wir?« Denn er hatte Dru und Spike erst in sein Herrenhaus geholt, nachdem er seine Seele verloren hatte.

Buffys Stimme bebte, als sie fragte: »Angel?«

Er sah ihre Wunden und sagte: »Du bist verletzt.«

Dann ging er zu ihr, nahm ihren Arm und zog sie zu sich heran.

»Gott, es kommt mir vor, als hätte ich dich seit Monaten nicht mehr gesehen. Buffy, alles ist so durcheinander.«

Später sollte er erfahren, dass sie den Wirbel sehen konnte, der aus dem Maul des Steindämonen hinter ihm wuchs und die Welt hinab in die Hölle ziehen würde. Aber in jenem Moment hatte er nicht die geringste Ahnung, was vor sich ging.

Er wusste nur, dass sie schrecklich besorgt war und dass sie ihn in den Armen hielt, als würde sie ihn nie wieder loslassen können.

»Was ist passiert, Buffy?«, murmelte er.

»Schsch«, machte sie. »Das ist unwichtig.«

Sie küsste ihn leidenschaftlich und sagte: »Ich liebe dich.«

»Ich liebe dich ...« Seine Stimme verriet Verwirrung und Staunen. Hatten sie am Ende doch zueinander gefunden? War es ein Traum, oder konnte es wirklich wahr sein?

Dann hatte sie sehr sanft gesagt: »Schließ deine Augen.«

Er hatte gehorcht, vertrauensvoll und glücklich.

Und sie hatte ihm das Schwert durch die Brust gebohrt und ihn an den Steindämonen genagelt.

Der Wirbel, der aus dessen Maul drang, zog ihn direkt in die Hölle.

Er wurde für eine Zeit, die fünfhundert irdischen Jahren entsprach, gequält und gepeinigt.

Und dann, aus irgendeinem Grund, wurde er zurückgeschickt.

Zurück in diese Welt, ja, aber nicht in Buffys Arme.

Niemals wieder in Buffys Arme.

Und so wurde ihm, nach ein paar gescheiterten Versuchen, eine einfachere Beziehung zu ihr aufzubauen – eine Freundschaft zum Beispiel oder eine Hassliebe oder sogar nichts –, klar, dass die Hölle ihm gefolgt war.

Jetzt gehörte er zu Los Angeles, wo, laut Doyle, seine Aufgabe nicht nur darin bestand, die Menschen zu beschützen, sondern auch, sich um sie zu kümmern. Für sie zu sorgen. Sie zu verstehen.

123

Er seufzte schwer.

Es war nicht die Hölle, aber der Unterschied war nicht sehr groß.

Das Fegefeuer also.

Und falls er dort Erlösung finden konnte, dann, eines Tages ...

Er schloss die Augen.

... *würde* der Himmel auf ihn warten.

DRITTER AKT,
FORTSETZUNG

Auf dem Schild neben dem Panzerglasfenster stand: STA-
CEYS SPORTARTIKEL.

Es hing noch immer dort, nachdem der Gangster durch
das Fenster geflogen war.

Angel hatte Tinas Entführer – dessen Name vermutlich
Stacey war – an der Kehle gepackt und gegen eine Wand
gedrückt. Er musste sich zwingen, diesen Kerl nicht zu töten.
Er hatte Informationen, die Angel brauchte, um das Ungeheuer aufzuspüren, das Tina ermordet hatte.

»Wo wohnt er? Wie sehen seine Sicherheitsmaßnahmen
aus?«

Trotz seiner desolaten Lage funkelte Stacey ihn verächtlich an.

»Hör zu, Kumpel«, sagte er zu Angel. »Was immer sie dir
auch bedeutet hat, vergiss sie besser. Du hast keine Ahnung,
mit was du es hier zu tun hast.«

Angel verstärkte seinen Griff um Staceys Kehle. »Russell?
Lass mich raten: hat nicht viel für Tageslicht oder Spiegel
übrig, trinkt eine Menge V-8?«

Stacey war sichtlich überrascht, dass Angel wusste, dass
sein Boss ein Vampir war. Dennoch knurrte er: »Wenn du
ihm in die Quere kommst, bringt er dich um. Er bringt
jeden um, der dir nahe steht.«

Angels Griff wurde fester. Und fester. Stacey verlor fast
das Bewusstsein.

Angel sagte: »Es gibt niemand mehr, der mir nahe steht.«

Nachdem Angel gegangen war, musste er an eine Frau denken, die dasselbe von sich behauptet hatte. Sie hatte

125

geglaubt, dass sie niemanden mehr hatte, und diese Überzeugung hatte sie hart gemacht, sie ruiniert.

Ihr Name war Faith, und sie hatte in ihrem Leben ein paar ziemlich schreckliche Dinge gesehen, selbst bevor sie eine Jägerin wurde. Sie hatte den Tod ihres eigenen Wächters mit ansehen müssen, und das hatte sie gezeichnet.

Sie war nach Sunnydale geflohen, um Buffy zu suchen, und die beiden hatten sich zusammengetan, um den Vampiren in den Hintern zu treten.

Aber von Anfang an hatte Faith die dunkle Seite der Vampirjagd genossen – die Macht und die Vorteile, die Missachtung jeglicher Autorität. All das hatte seinen Höhepunkt in einer Nacht gefunden, als sie versehentlich einen Menschen getötet hatte. Und diese schreckliche Gewissheit trieb Faith geradewegs in eine Allianz mit dem Bürgermeister von Sunnydale, die zum Scheitern verurteilt war.

Angel, der sich ohne Buffys Hilfe nicht selbst retten konnte, versuchte sich für ihre Hilfe zu revanchieren, indem er Faith rettete.

Angels Herrenhaus, Sunnydale, 1999

Angel nahm Faith gefangen und fesselte sie mit Handschellen an die Wand. Sie war eine mächtige Jägerin; er hatte sie in Aktion erlebt, und er wusste, dass er in ihrer Nähe vorsichtig sein musste.

Jetzt sagte er zu ihr: »Ich weiß, was mit dir los ist.«

»Willkommen im Club«, erwiderte sie mürrisch. »Jeder scheint eine Theorie zu haben.«

»Aber ich weiß, wie es ist, ein Leben zu nehmen. Zu spüren, wie eine Zukunft, eine Welt voller Möglichkeiten, durch deine eigene Hand ausgelöscht wird. Ich kenne die Macht, die darin liegt.« Er sah sie forschend an. »Die Erregung. Sie war wie eine Droge für mich.«

Sie sah ihn höhnisch an und zerrte an ihren Fesseln. »Ach ja? Klingt für mich, als würdest du Hilfe brauchen. Einen Experten vielleicht.«

Er schüttelte den Kopf. »Ein Experte hätte mir nicht helfen können. Es hörte auf, als ich meine Seele zurückbekam. Mein menschliches Herz.«

»Schön für dich«, entgegnete sie eingeschnappt. »Wenn wir auf eine Party gehen, dann lass uns jetzt losziehen. Ansonsten könntest du mir vielleicht diese Dinger abnehmen?«

Angel ließ sich nicht ablenken. Oder irritieren. »Faith, du hast die Wahl. Du hast etwas gekostet, was nur wenigen vergönnt ist. Ohne Reue zu töten gibt einem das Gefühl, ein Gott zu sein …«

Sie wollte offensichtlich nichts davon hören, sondern zerrte an ihren Fesseln. »Im Moment fühle ich nur einen Krampf in meinem Handgelenk. Lass mich gehen!«

»Aber du bist kein Gott«, fuhr Angel unbeirrt fort. »Du bist kaum mehr als ein Kind. Und dieser Weg wird dich in den Untergang führen. Du ahnst nicht, welchen Preis man für das wahre Böse zahlen muss.«

Da war ein Flackern in ihren Augen. Seine Worte hatten sie bis ins Mark getroffen. Aber sie wollte noch immer nicht nachgeben.

»Ach ja? Ich hoffe, das Böse akzeptiert auch die Mastercard.«

»Du und ich, Faith, wir sind uns sehr ähnlich.«

Sie schnaubte. »Nun, du bist irgendwie tot …«

»Wie ich schon sagte. Wir sind uns sehr ähnlich.«

»Tut mir Leid, Alter. Ich lebe und bin topfit. Außerdem habe ich eine Körperfunktion, der ich mich dringend widmen muss.«

Angel blieb unbeirrbar. Er wusste, dass er sie erreicht hatte. Er wusste, dass er auf dem besten Weg war, ihre Aufmerksamkeit zu gewinnen.

»Du bist nicht lebendig«, sagte er. »Du läufst nur davon. Hast Angst vor Gefühlen. Angst vor Berührungen.«

Ein Teil von ihr reagierte auf seine Worte. Aber sie wich seinem Blick aus und murmelte: »Spar dir das für dein Poesiealbum auf. Ich muss pinkeln.«

»Es gab eine Zeit«, fuhr er fort, »da dachte ich, dass Menschen nur existieren, um sich gegenseitig zu verletzen.«

Faith sah ihn wieder an. Sie schwieg.

Endlich, dachte er erleichtert. Ich habe etwas getroffen, was sie berührt.

»Aber dann kam ich hierher«, sagte er. »Und ich fand heraus, dass es noch andere Sorten von Menschen gibt. Menschen, die es sich zum Ziel gesetzt haben, das Richtige zu tun. Sie machen noch immer Fehler. Sie versagen. Aber sie versuchen es weiter. Kümmern sich um einander.«

Einen Moment lang herrschte Stille. Sie überdachte seine Worte, wollte sie offensichtlich glauben. Angel sah es. Er trat zu ihr, und was er zu ihr sagte, kam von Herzen.

»Wenn du uns vertrauen kannst, Faith, kann sich alles ändern. Du musst nicht in der Dunkelheit verschwinden.«

Aber das hatte sie getan. Arme Faith.

Warum denke ich dann, fragte er sich, dass ich überhaupt jemandem helfen kann?

Und dann dachte er: Es spielt keine Rolle, was ich denke. Genau wie Buffy. Sie glaubte, sie würde keine gute Jägerin sein. Aber sie ist die Beste.

Ironischerweise war Buffy von Los Angeles nach Sunnydale gezogen, während er gezwungen gewesen war, Sunnydale zu verlassen und nach L.A. zu gehen. Im Endeffekt hatten sie die Plätze getauscht.

Etwas machte Klick in ihm.

Ich gehöre wirklich hierher, dachte er.

Es war, als würde eine Tür zufallen und Sunnydale für immer aussperren. Die Erinnerungen würden nach und nach verblassen. Das wurde ihm jetzt klar. Er würde sie vermissen.

Aber er war zu Hause.

Cordelia, in Jogginghose und T-Shirt, saß im Lotussitz da und atmete in tiefen Zügen die reinigende Energie ein. Ein, Grün. Aus, Rot.

Ein neues Selbsthilfebuch, *Meditation für ein erfülltes Leben*, lag neben ihr. Sie wusste instinktiv, dass es sich auszahlen würde, wenn ihre Chakren mit der Schwingungsresonanz der positiven Botschaft des Buches harmonisierten.

»Ich bin jemand.« Sie holte tief Luft.

»Ich bin wichtig.« Der nächste Atemzug.

»Die Menschen werden von meiner positiven Energie angezogen und mir helfen, meine Ziele zu erreichen.«

Sie warf einen Blick auf ihren Anrufbeantworter. Der Nachrichtenzähler zeigte eine große Null an. Der letzte Anruf, den sie bekommen hatte, war der von Joe gewesen. Seit zwei Wochen hatte sie kein einziges Date mehr gehabt.

Wenn die in Sunnydale mich jetzt sehen könnten, würden sie sich bestimmt totlachen.

Sie erinnerte sich, wie pampig sie zu Buffy gewesen war. Wegen Angel. Sie hatte ständig versucht, ihn zu umgarnen, und war zutiefst gekränkt gewesen, als er sich als unumgarnbar entpuppte. Und dann hatte sie natürlich herausgefunden, dass er ein Vampir war.

Sunnydale High, 1997

Buffy und Willow saßen in der Mädchentoilette der Schule, um dort zu schwatzen oder das zu tun, was Loser eben so taten. Cordelia kam herein, um sich die Hände zu waschen und ihr Make-up zu überprüfen, und sie bemerkte, wie die beiden verstummten, als sie auftauchte. Also entschloss sie sich, Buffy neuen Gesprächsstoff zu liefern.

»Nun, Buffy«, begann sie mit halb säuselnder, halb vorwurfsvoller Stimme, »du bist gestern Nacht einfach weggelaufen und hast den armen Angel allein gelassen. Ich habe alles getan, um ihn zu trösten.«

»Darauf wette ich«, antwortete Buffy.

Ha. Ein Punkt für Queen C.

»Was ist eigentlich los mit ihm? Ich meine, er lässt sich nie blicken.«

»Jedenfalls nicht am *Tag*«, warf Willow bedeutungsvoll ein.

»Oh, bitte, sag bloß nicht, dass er noch zu Hause wohnt«, stöhnte Cordelia. Sie fragte sich plötzlich, ob ein derart süßer Typ wirklich so eine Niete sein konnte. »Muss er etwa darauf warten, dass sein Dad nach Hause kommt, damit er sich den Wagen ausleihen kann?«

Buffy sagte hilfsbereit: »Ich glaube, seine Eltern sind schon seit, äh, ein paar hundert Jahren tot.«

Cordelia hatte nur mit halbem Ohr zugehört. »Oh, gut.« Und so dauerte es, bis sie Buffys kleinen Haha-Scherz verarbeitet hatte. »Ich meine – *was?*«

»Angel ist ein Vampir«, informierte Buffy sie mit sichtlicher Wonne. »Ich dachte, du wüsstest das.«

Für einen Moment war Cordelia geschockt. Dann sagte sie in einem sarkastischen Ton: »Oh. Er ist ein *Vampir*. Natürlich. Aber von der netten Sorte. Wie ein Teddybär mit Reißzähnen.«

Willow flötete: »Das stimmt.« Die Närrin der Närrin, das war Willow Rosenberg.

Cordelia bedachte Buffy mit einem wissenden Blick. »Weißt du, was ich denke? Ich denke, du versuchst nur, mich abzuschrecken, weil du Angst vor der Konkurrenz hast. Sieh mal, Buffy, du magst ja spitze sein, wenn es um Dämonologie und solche Sachen geht, aber bei Dates bin *ich* die Jägerin.«

Ja, genau. Hier bin ich und jage vor mich hin. Schleppe einen nach dem anderen ab. Ich bin so beschäftigt, dass ich nicht mal die Zeit habe, allein in meinem muffigen Apartment zu sitzen und Xander zu vermissen.

Sie sah wieder ihr Buch an und rief sich ins Gedächtnis zurück, dass positive Energien anzogen und negative abstießen.

»Ich bin genau da, wo ich sein sollte, und ich *sterbe nicht vor Hunger!*«

Sie warf das Buch quer durch den Raum und war den Tränen nahe. Sie stand kurz vorm Verhungern. Sie hatte Angst.

Sie wollte wieder reich sein. Sie hasste diesen ganzen Existenzkampf.

Das Telefon klingelte.

Cordelia fuhr überrascht zusammen und nahm den Hörer ab. »Hallo. Hier ist Cordelia Chase«, sagte sie in ihrem neuen positiven Tonfall.

»Cor, ich bin's, Margo«, sagte die Stimme am anderen Ende der Leitung. Cordelia freute sich. »Du warst auf meiner Party der große Hit.«

Ja, ja, ja. »Danke. Ich fand's auch toll. Ich würde dich gern in meine Wohnung einladen« – sie schnitt eine Grimasse – »sobald ich mit dem Umdekorieren fertig bin.«

»Nun, rate mal, wer mein Video von der Party gesehen hat und wer dich gern kennen lernen möchte!«, sagte Margo wichtigtuerisch, was bedeutete, dass es eine wichtige Person sein musste. Jemand, der ihr helfen konnte.

»Ein Regisseur?«, fragte sie aufgeregt. »Ein Manager? Der Assistent eines Assistenten, der mich gern zum Essen einladen möchte?«

»Russell Winters.«

Cordelia glaubte ihren Ohren nicht zu trauen. »Der Investmenttyp?«

»Oh, Cordelia, er ist viel mehr als das«, sagte Margo hörbar amüsiert. »Er hilft den Leuten bei ihrer Karriere. Er kennt jeden und … er möchte dich heute Abend treffen.«

Cordelias Augen weiteten sich. »Heute Abend? Nun, lass mich mal in meinen Terminkalender sehen.« Sie war so aufgeregt, dass sie kurz vor einer Ohnmacht stand. Dennoch zwang sie sich, einen Moment zu warten, als würde sie die ganze Sache tatsächlich überdenken müssen, bevor sie antwortete.

»Ich werde ein paar Verabredungen absagen müssen, aber ich bin sicher, dass ich … warte.« Sie atmete tief durch. »Ich muss doch keinen Sex mit ihm haben, oder? Denn das könnte ich nicht … Ich bin mir fast sicher, dass ich es nicht könnte …«

»Nein, nein«, versicherte ihr Margo am anderen Ende. »Es

131

ist einfach so, dass er den Leuten gern hilft. Ich glaube nicht, dass er überhaupt etwas für Sex übrig hat.«

»Oh, gut!«, sagte Cordelia glücklich.

»Er schickt dir eine Limousine, die dich um acht abholen kommt.«

Und es war kein Scherz. Die Limousine kam tatsächlich. Ein langer, schnittiger, schwarzer Wagen wie jene, die ab dem nördlichen Ende von Orange County auf den Highways unterwegs waren. Je mehr man sich Los Angeles näherte, ob nun von Süden oder Norden, desto zahlreicher wurden die Limousinen. Und jetzt saß sie in einer, und zwar nicht anlässlich eines Abschlussballs. Es war das wirkliche Leben.

Sie saß auf dem Rücksitz, umgeben von Plüsch und Komfort, die triumphierende Queen C. Sie trank Mineralwasser und aß ein paar Nüsse. Köstliche, proteinreiche, energiegeladene Nüsse. Unwillkürlich summte sie eine fröhliche Melodie vor sich hin. Nun, *das* war das Leben, das ihr eigentlich zustand.

Die Limousine glitt auf das weitläufige Herrenhaus zu. Das riesige Gebäude war wie eine Burg, einer von diesen Palästen, in dem Leute jahrelang in einem Zimmer wohnten, ohne dass jemand sie bemerkte. Es war wunderschön und perfekt, strahlte Reichtum und wundervolle Karrierechancen aus. So viel zu Beziehungen. Sie konnte ihr Glück kaum fassen. Aber sie musste es glauben. Unbedingt.

Die Limo näherte sich einem großen Eisentor. In einem kleinen Häuschen saß ein Wächter, der einen Knopf drückte. Die Tore schwangen auf.

Als der Wagen hindurchglitt, murmelte Cordelia: »›Die Menschen werden von meiner positiven Energie angezogen und helfen mir, meine Ziele zu erreichen.‹ Oh, ja.«

Glücklich schob sie eine weitere Nuss in den Mund.

Hinter der Limousine schwangen die großen Tore wieder zu.

VIERTER AKT

In Angels Apartment sah Doyle offensichtlich beeindruckt zu, wie Angel ein Arsenal an Waffen und Ausrüstungen zusammenpackte: Zeitzünder, Zündkapseln, Plastiksprengstoff, einige Werkzeuge, Seile und ein paar andere Kleinigkeiten.

»Wow. Du ziehst wohl wirklich in einen Krieg.« Doyle blickte nachdenklich drein. »Ich schätze, du hast im Laufe deines Lebens schon einige gesehen.«

Angel betrachtete sein Material. »Vierzehn. Vietnam nicht mitgezählt. Der wurde nie offiziell erklärt.«

Doyle nickte. »Nun, das ist gut. Du nimmst die Sache in die Hand und schlägst zurück.« Neugierig musterte er Angels Arsenal. »Brauchst du das wirklich alles?«

Angel überlegte einen Moment. Ja, er brauchte alles. Hätte er noch mehr mitnehmen können – einen Granatwerfer zum Beispiel, sofern der ihm nützlich erschienen wäre –, hätte er es getan. Koste es, was es wolle – für diesen Russell Winters war dies die letzte Nacht auf Erden.

Er spürte einen leichten Stich, als er an Tina dachte, und sagte: »Eine Pfadfinderin hat mir erklärt, dass man allzeit bereit sein muss.«

»Nun, viel Glück.« Doyle wirkte aufrichtig besorgt. »Ich habe eine Menge Geld auf die Vikings gesetzt, die heute spielen, aber im Geiste werde ich bei dir sein.«

Angel schüttelte den Kopf. »Du fährst.«

Doyle fuhr entsetzt zusammen. »Was? Aber ... nein. Nein, nein. Ich bin nicht kampfbereit«, wehrte er ab. »Ich bin bloß der Bote.«

»Und ich bin die Botschaft«, gab Angel zurück.

133

In Russell Winters' Herrenhaus sagte sich Cordelia überwältigt, dass sie eine Feldflasche und einen Kompass hätte mitnehmen sollen. So groß war es. So prächtig. So wundervoll.

Wow.

Er hat ein Haus so groß wie ein Footballfeld.

Wow.

Er hat einen Butler.

Er will mich kennen lernen.

Wow.

Sie wollte sich in den Arm zwicken, um festzustellen, ob sie träumte, aber das würde nur hässliche Spuren hinterlassen. Nicht, dass es ihn kümmern würde. Okay, es würde ihn vielleicht kümmern. Aber er würde es nicht bemerken, weil er nicht auf ihre Arme achten würde. Er hatte schließlich kein körperliches Interesse an ihr, nicht wahr? Abgesehen von dem, was er an ihr anziehend gefunden hatte. War es ihr Lachen gewesen? Ihr Lächeln?

Sie hatte nicht einmal geahnt, dass Margo ihn kannte oder ihm das Band von der Party schicken würde, und sie wusste auch nicht, wie er aussah. Um ehrlich zu sein, als der Butler die Tür geöffnet hatte, hätte sie ihn fast mit »Hi, Mr. Winters« begrüßt.

Der Butler schritt lautlos an ihrer Seite her, und Cordelia war überzeugt, dass er das Hämmern ihres Herzens hören konnte. Endlich, endlich entwickelten sich die Dinge zum Positiven. Das Leben war gut. Die Zukunft war gut. Weil sie, Cordelia, wichtig war.

Schließlich wurde sie in einen Raum geführt, bei dem es sich um Russell Winters' Arbeitszimmer handeln musste. Geräumig, elegant und für viel Geld von einem Innenarchitekten eingerichtet, war es größer als ihr ganzes Apartment. Für einen kurzen Moment stellte sie sich vor, wie sie ihr Rattenloch mit einer Frist von dreißig Tagen kündigte, und dann sah sie ihn. Er erhob sich, um sie zu begrüßen.

»Hi. Ich bin Russell«, sagte er mit freundlicher Stimme. »Vielen Dank, dass Sie gekommen sind.«

Er entließ den Butler mit einem Wink. Der Mann verließ leise den Raum.

Cordelia dachte: Showtime. Sie sagte sich, dass sie dennoch versuchen sollte, ihn zu beeindrucken. Schließlich wusste man nie genau, wann der Verkauf perfekt war.

Nicht, dass sie sich in irgendeiner Hinsicht verkaufen würde. Auf keinen Fall. Abgesehen von ihrem Image. Und ihren positiven Energien.

»Nun«, begann sie und lächelte strahlend. »Nettes Haus.« Sie wies mit den Händen auf die Fenster. »Tolle Vorhänge.« Wow, es gibt Tonnen davon. »Sie legen offenbar großen Wert auf Vorhänge.«

Er zuckte bescheiden die Schultern. »Ich habe einen altmodischen Geschmack.«

»Ich bin in einem schönen Haus aufgewachsen«, vertraute Cordelia ihm an. »Es war nicht wie *dieses*, aber wir hatten ein oder zwei Zimmer, von denen wir nicht einmal wussten, wofür sie da waren.«

Er lächelte.

»Dann wurde das Finanzamt sauer auf meine Leute, weil sie, na ja, nie Steuern gezahlt haben. Sie haben alles verloren.«

»Margo sagte, Sie sind Schauspielerin«, erwiderte er. »Läuft es gut?«

»Oh, ja, großartig.« Sei positiv. Positive Energien auszustrahlen ist keine Lüge. »Ich hatte eine Menge Gelegenheiten. Die Hände in dem Liqui-Gel-Werbespot wären fast meine gewesen, wären da nicht diese ein, zwei anderen Mädchen gewesen, und, nun ja … das ist nicht alles, was ich …«

Sie verstummte, ihre Fassade bröckelte. Sie sah ihn an und fühlte sich verloren, und sie fragte sich, was er wohl von ihr verlangen würde.

Sie fragte sich, ob sie den Mut haben würde, es nicht zu tun, vor allem wenn es etwas Unanständiges war.

Manche Vampire hausen in Kellern und manche in Schlössern, dachte Angel, als Doyle das Kabrio neben dem Wach-

135

häuschen vor Winters' Herrenhaus anhielt. Es erinnerte Angel an die prächtigen Landhäuser, die es damals in Galway und Umgebung gegeben hatte. Die meisten von ihnen waren heute Museen oder Sitz irgendwelcher Stiftungen.

Angel stieg aus und ging zu dem Wachmann. Der Kerl saß vor mehr Monitoren, als es im Kontrollraum eines Casinos in Las Vegas gab. Sie zeigten das Anwesen aus verschiedenen Blickwinkeln – Eingang, Rück-, Ost- und Westseite. Büsche, Bäume. Viele Bäume. Und Gespenster.

Nein, das waren Marmorstatuen.

»Hi. Ich fürchte, wir haben uns verfahren«, sagte Angel zu dem Wachmann, der sein Lächeln nicht erwiderte. »Ich suche den Cliff Drive – he, was schauen Sie sich da an? Sind das die Vikings?«

Angel beugte sich nach vorn und sah auf den Monitor, der seinen Wagen und die Frontseite des Hauses zeigte. Er streckte den Arm aus, ergriff das Kabel, das den Bildschirm mit der Videokamera am Tor verband, und riss es heraus. Auf dem Monitor war nur noch Schnee zu sehen.

»He«, sagte der Wachmann wütend. »Was machen Sie …«

Er griff nach seiner Waffe, als Angel ihn niederschlug.

Angel befahl Doyle: »Fessel ihn. Ich bin in zehn Minuten wieder da, oder ich komme nie mehr zurück.«

»Zehn Minuten«, wiederholte Doyle.

Angel nahm seine Ausrüstung und rannte los.

An der Mauer sprang er hoch, packte den Rand und zog sich nach oben. Er lief auf dem Sims in die Nacht.

Schließlich erreichte er den Teil, der näher am Haus lag. Er blieb stehen und kauerte nieder, als er einen bewaffneten Wächter über das Grundstück patrouillieren sah. Der Mann schien nicht zu wissen, dass etwas Ungewöhnliches vor sich ging. Er drehte nur seine Runde.

Er verschwand hinter einer Ecke, und Angel rannte weiter über den Mauersims. Dann sprang er und landete auf dem Dach des Herrenhauses. Er kletterte darüber, sprang erneut und landete in einem Hof. Nachdem er sich nach Wächtern umgesehen hatte, befestigte er den Plastiksprengkopf und eine Zündkapsel an einem Notstromgenerator. Das wird eine hübsche Explosion geben.

Er schlich am Haus entlang zum Sicherungskasten und präparierte auch den.

Er ist so verständnisvoll, dachte Cordelia voller Hoffnung. Ein so guter Zuhörer.

Sie saß mit Russell Winters in dessen Arbeitszimmer, und er war ganz Ohr, als sie sich ihm viel weiter öffnete, als sie beabsichtigt hatte.

»Ich habe es wirklich versucht, verstehen Sie? Normalerweise gelingt mir auch alles, wenn ich es ernsthaft versuche. Ich dachte, es würde klappen ... aber ich habe niemanden. Ich habe nicht einmal Freunde hier.«

»Jetzt kennen Sie mich«, erinnerte er sie. »Und Sie müssen sich keine Sorgen mehr machen.«

Sie senkte den Blick. Er ist bestimmt nicht nur nett, sagte sie sich. Ansonsten wäre dies bloß so, als würde man in einem Film leben, und das habe ich dort zurückgelassen, wo es hingehört – in Sunnydale.

»Was verlangen Sie von mir?«

»Sagen Sie mir einfach, was Sie wollen.«

Sie versuchte, sich zu konzentrieren. Alles, was sie wollte, konnte er ihr geben. Eine Karriere ... aber sie hatte Talent, sie wusste, dass sie es hatte. Sie brauchte Hilfe, um den Einstieg zu schaffen. Nur eine kleine Starthilfe.

Eine Starthilfe konnte nicht allzu viel kosten, oder?

Sie sank ein wenig in sich zusammen. »Oh, Gott. Es tut mir Leid.« Sie wischte sich die Augen. »Jetzt kommen mir auch noch vor Ihnen die Tränen ...« Sie sah sich nach einem Spiegel um. Einem Spiegel. Einem einzigen Spiegel.

»Ich sehe wahrscheinlich schrecklich aus. Da werde ich endlich in ein schönes Haus ohne Spiegel und mit einer Menge Vorhänge eingeladen, und, he, Sie sind ein Vampir.« Sie sah ihn an.

Er wurde von ihrer Feststellung völlig überrascht. »Was? Nein, das bin ich nicht.«

137

Sie hob ihr Kinn. »Sind Sie doch.«

Er wich zurück. »Ich weiß nicht, wovon Sie reden.«

»Ich komme aus Sunnydale«, erklärte sie stolz. »Wir haben unseren eigenen Höllenschlund. Ich erkenne einen Vampir, wenn ich ...«

Oh, mein Gott, was mach ich bloß?

»... allein mit einem in dessen festungsähnlichem Haus bin. Wissen Sie, mir ist so schwindlig vor Hunger, dass ich ganz verrückte Scherze mache.« Sie lachte. »Haha ...«, als sie seinen Gesichtsausdruck sah. »Ha«, schloss sie matt.

Oh, oh.

Angel hatte soeben den dritten Notstromgenerator präpariert.

Gut, dachte er. Das wird ein prächtiges Feuerwerk geben.

Dann hörte er Schritte. Es war ein anderer Wachmann, der sich näherte.

Angel blieb nur der Bruchteil einer Sekunde, um sich an dem Generator hochzuziehen und aus dem Blickfeld des Wachmanns zu verschwinden. Kaum hatte dieser den Generator passiert und war um die nächste Ecke gebogen, ließ sich Angel wieder lautlos zu Boden fallen.

Er stellte den Zeitzünder, den er am Generator befestigt hatte, auf zehn Sekunden.

Warum Winters die Chance geben, sich in Sicherheit zu bringen. Besser, ich schicke ihn gleich hier zur Hölle.

Bleib ruhig, mahnte sich Cordelia. Es war ihr neues Mantra. Hätte sie atmen können, hätte sie alles getan, um ein paar positive Schwingungsresonanzen zu erzeugen. Sie brauchte jede Hilfe, die sie bekommen konnte.

»Wissen Sie, einer meiner besten Freunde ist ein Vam ... ziehen Sie den Ausdruck ›Nachtmensch‹ vor?«

Russell sagte freundlich: »Die Wahrheit ist, ich bin froh, dass du es weißt. So können wir auf die Formalitäten verzichten.«

138

Alle Hoffnung auf innere Ruhe zerstreute sich. Nackte Angst füllte das Vakuum.

»Bitte«, flehte Cordelia.

Er knurrte und verwandelte sich. Ihr Entsetzen wuchs noch mehr, als sie erkannte, dass er weit grausiger aussah als jeder andere Vampir, den sie bisher getroffen hatte. Dann schrie sie auf und floh aus dem Arbeitszimmer.

Sie erreichte die Haupthalle und rannte die Treppe hinauf. Keuchend lief sie so schnell sie konnte, aber er war direkt hinter ihr. Mühelos packte er sie, und Cordelia wusste, dass sie verloren war.

Dann hörte sie, wie etwas drei Mal explodierte – oder vielleicht drei Dinge, die hintereinander explodierten – WUMM, WUMM, WUMM!

Und alle Lichter gingen aus.

Bis auf die fahlen Streifen Mondlicht war der Raum dunkel. Der Vampir sah sich verwirrt um. Angel konnte die Arroganz erkennen, die Überzeugung des Wesens, unsichtbar zu sein und niemals für seine Taten zur Rechenschaft gezogen zu werden.

»Russell Winters.«

Angel trat aus dem Schatten hervor.

»Angel?«, rief Cordelia hoffnungsvoll.

»Was wollen Sie?« Der Vampir klang wütend und beunruhigt.

Angel konnte sich nur mit Mühe davon abhalten, ihn anzugreifen. Ich wusste nicht, dass Cordelia hier ist, dachte er. Aber es macht Sinn. Sie war auf derselben Party wie Tina und ich. Cor muss sie gekannt haben.

Er sagte: »Ich habe eine Nachricht von Tina.«

Bei dem Namen zuckte der Vampir zusammen. Angel hatte also richtig vermutet: Dieses Monster war der Mörder. Es stellte jungen Mädchen nach und erweckte in ihnen Hoffnungen, um seine eigenen sadistischen Gelüste zu befriedigen und sie dann … einfach auszusaugen.

Er dachte an Tinas Blut in seinem Mund. Das Ding, das

sich als Winters ausgab, hatte sie völlig leer getrunken. Aber sie hatten sich beide von ihr genährt. Unter ihren Masken waren sie sich im Grunde sehr ähnlich.

Diese Erkenntnis traf Angel bis ins Mark.

Winters gewann seine Fassung zurück und sagte: »Du hast einen sehr großen Fehler gemacht, hierher zu kommen.«

»Du weißt nicht, wer er ist, nicht wahr?«, sagte Cordelia höhnisch zu Winters. »Oh, Mann, was wird er dich fertig machen!« Trotz ihrer Angst empfand sie Schadenfreude. Angel hoffte, dass er Cordelia nicht enttäuschen würde.

Die beiden Vampire gingen aufeinander los und tauschten ein paar schnelle, üble Schläge aus. Russell traf Angel so hart, dass dessen Reflexe die Kontrolle übernahmen: Sein Gesicht veränderte sich und enthüllte, dass er im Grunde einer von Winters' Artgenossen war.

»Einer von uns?«, entfuhr es Winters überrascht. »Hast du die Gebrauchsanweisung nicht bekommen? Wir helfen ihnen nicht. Wir fressen sie.«

Wie Spike sagen würde: »Unsere *raison d'être.*«

Aus der Springvorrichtung unter seinem Ärmel holte Angel einen Pflock hervor und stürzte sich auf Winters. Winters wehrte den Angriff ab, packte Angels Hand mit dem Pflock und drückte sie nach hinten.

Die Tür sprang auf und zwei Wachmänner stürzten mit gezückten Waffen herein.

Winters schrie: »Tötet sie!«

Die beiden Männer richteten ihre Waffen auf Cordelia. Angel stieß Winters zur Seite und sprang mit einem riesigen Satz vor Cordy, als die Wachmänner schossen.

Er fing die Kugeln ab und spürte flüchtigen Schmerz, ehe er Cordelia packte und mit ihr über das Treppengeländer stürzte. Sie landeten auf dem Boden und rannten zur Hintertür.

Das sind eindeutig ein paar Kugeln zu viel, dachte Doyle, während er hinter dem Lenkrad von Angels Wagen saß.

Doch es ertönten noch mehr Schüsse.

»Das reicht. Ich verschwinde.«

Er ließ den Motor an und raste mit qualmenden Reifen die Straße hinunter. Der Gummigeruch entsprach exakt dem Geruch seiner Furcht.

Er hatte Angst, und er war nicht stolz darauf. Und Angel war dort drinnen und riskierte sein untotes Leben, um das Böse aufzuhalten, wie Doyle es von ihm verlangt hatte ...

»Verdammt.«

Er riss das Lenkrad herum, sodass das Kabrio eine 180-Grad-Drehung machte. Die Räder quietschten ohrenbetäubend, aber nichts war zu Bruch gegangen.

Er raste auf das hohe Metallgitter zu. »Jaaaaaaa!«, schrie er und stellte sich vor, er wäre Mel Gibson in *Braveheart*. Nur dass der Junge ein Schotte gewesen war, und jeder wusste, dass die besten Dämonen Iren waren – man musste sich schließlich nur ihn und Angel ansehen.

Nein, sieh auf keinen Fall hin ...

Das Auto wurde schneller und schneller und rammte das Tor ... das dem Aufprall gewachsen war, ganz im Gegensatz zur vorderen Stoßstange und zur Kühlerhaube des Wagens, die sich wie ein billiges Spielzeug zusammenfaltete. Zum Beispiel wie solches, das in Amerika hergestellt worden war.

Doyle blieb für einen Moment benommen sitzen. Dann sagte er: »Gutes Tor.«

Er legte den Rückwärtsgang ein und löste das arme, rauchende Auto vom Tor. Das tapfere Ding ruckelte, aber es fuhr.

Dann tauchten vor dem Wagen ein wunderschönes Mädchen und Angel auf, der offenbar schwer verwundet war.

Sie stiegen ins Auto.

Angesichts des beklagenswerten Zustands von Angels fahrbarem Untersatz fühlte sich Doyle zu einer Erklärung genötigt. »Ich hatte einen kleinen ...«

Weitere Schüsse!

»Wir reden später darüber«, schloss Doyle.

Er gab Gas, und sie ruckelten davon.

Sie hatten Angel das Hemd ausgezogen. Cordelia hatte Doyle erklärt, wie man die Zange zum Herausziehen der Kugeln benutzen konnte, aber Angel vermutete, dass Doyle noch nie einen Kurs in erster Hilfe – oder Anatomie – belegt hatte, und es schmerzte jetzt weit mehr als in dem Moment, als er angeschossen wurde.

Unglücklicherweise waren es eine Menge Kugeln. Ergo eine Menge Schmerzen.

Cordelia fragte besorgt: »Wir können dich doch nur töten, wenn wir dir einen Pflock durchs Herz bohren, nicht wahr?«

Mit zusammengebissenen Zähnen stieß Angel hervor: »Vielleicht solltest du einen holen.«

»Hab sie.« Doyle legte die Kugel neben die drei anderen, die er bereits herausgeholt hatte.

Cordelia war sichtlich erleichtert. »Endlich. Ich dachte schon, ich würde in Ohnmacht fallen und mich gleichzeitig übergeben.«

Angel lächelte grimmig, als sie seine Brust verbanden. Das war die Cor, die Angel aus Sunnydale kannte: immer um andere Menschen besorgt.

»Es ist jetzt vorbei, oder?«, fragte Cordelia. »Uns beiden wird nichts passieren. Du hast diesem Russell eine Heidenangst eingejagt. Er wird nicht nach mir suchen, richtig?«

Angel und Doyle wechselten einen Blick. Große Geister denken ähnlich.

Doyle sah genauso besorgt aus wie Angel.

Der Turm in Downtown strahlte Macht aus, und auf dem verschnörkelten, glänzenden Stahlschild an der Frontseite stand RUSSELL WINTERS ENTERPRISES.

Im Konferenzraum des Gebäudes saß Lindsey am Ende des Tisches, ganz in der Nähe der Tür. Beide Seiten des langen, polierten Tisches wurden von Anwälten mit ausdruckslosen und professionellen Mienen eingenommen, während Mr. Winters selbst am Kopfende saß, mit dem Rücken zur getönten Fensterfront.

Lindsey öffnete seine Aktentasche mit dem »Wolfram & Hart«-Logo und nahm den ersten Stoß Unterlagen heraus.

»Der Eltron-Fusionsvertrag ist unterschriftsreif«, erklärte er.

Er gab die Unterlagen einer jungen Anwältin an seiner Seite. Die Papiere wurden von den Anwälten bis zu Mr. Winters durchgereicht.

»Außerdem haben wir heute Morgen mit unserem Büro in Washington gesprochen«, fuhr er fort, sich voller Stolz bewusst, dass alle Blicke auf ihn gerichtet waren, was er sich jedoch nicht anmerken ließ. »Das neue, von uns unterstützte Steuergesetz wird die Gewinnsteuern um drei Prozent verringern und die Profite entsprechend vergrößern. Wir sind sehr zufrieden mit dem Ergebnis.«

Genug der Prahlerei, mahnte er sich und reichte andere Dokumente weiter.

»Was den Eindringling betrifft, der gestern Nacht in Ihr Haus eingebrochen ist, so haben die örtlichen Behörden keine Informationen über ihn, aber wir haben mehrere erstklassige Privatdetektive …«

Die Tür flog krachend auf, und ein großer, dunkelhaariger Mann kam herein.

»… mit der Suche nach ihm beauftragt«, schloss Lindsey ruhig.

Mr. Winters sagte: »Ich glaube, wir haben ihn bereits gefunden.« Lindsey trat zu dem Eindringling, der ein wenig abgerissen aussah.

Er musterte den Mann – Angel hieß er, wenn er sich recht entsann – und gab ihm seine Visitenkarte. »Ich bin von ›Wolfram und Hart‹«, informierte er den Vampir. »Mr. Winters ist noch nie eines Verbrechens angeklagt worden und wird es auch nicht werden. Niemals. Sollten Sie unseren Klienten weiterhin belästigen, werden wir gezwungen sein, Sie ans Tageslicht zu zerren. Ein Ort, der, wie ich hörte, für Sie nicht ganz bekömmlich ist.«

Lindsey lächelte.

Angel warf einen Blick auf die Karte, die er in der Hand hielt, und sah dann Mr. Winters an.

Dieser sagte: »Das ist die große Stadt, Angel. Sie funktioniert auf ganz bestimmte, bewährte Weise. Sie gehören nicht hierher. Ich an Ihrer Stelle würde von hier verschwinden, solange ich noch könnte. Richten Sie Cordelia aus, dass ich sie in Kürze besuchen werde.«

Mr. Winters hielt lächelnd Angels Blick stand. Der Fremde sah sich um, während er offenbar resigniert erkannte, dass sein Gegenüber in der stärkeren Position war – sowohl in rechtlicher als auch in jeder anderen Hinsicht.

Angel sagte: »Ich schätze, wenn man reich und mächtig genug ist und die richtige Anwaltskanzlei hat, dann kann man tun und lassen, was man will.«

Lindseys Klient wirkte amüsiert. »Völlig richtig.«

»Können Sie fliegen?«, fragte Angel.

Mr. Winters' Lächeln verblasste. Dann, bevor irgendjemand eingreifen konnte, hob Angel seinen Fuß, stellte ihn auf den Stuhl zwischen Mr. Winters Beinen und stieß mit aller Kraft zu.

Lindsey keuchte entsetzt auf, als Mr. Winters mit seinem Stuhl nach hinten schoss, gegen die Glasfront in seinem Rücken prallte und durch sie hindurchbrach.

Er flog hinaus ins Sonnenlicht. Während er kreischend in die Tiefe stürzte, ging er in Flammen auf und verbrannte zu Vampirstaub.

Angel, der sich außerhalb des Sonnenlichts hielt, das durch das zerbrochene Fenster flutete, sah schweigend zu. Lindsey und der Rest der ausdruckslos dreinblickenden Anwälte waren hinter ihm.

»Offenbar klappt das noch nicht so gut mit dem Fliegen«, brummte Angel.

Angel wandte sich zum Gehen und blieb an der Tür kurz stehen, um Lindseys Visitenkarte zurück in die Brusttasche des Anwalts zu stecken.

»Nun ja«, sagte Lindsey mit undurchdringlicher Miene.

Er bewahrte die Fassung und schloss seine Aktenta-

144

sche. Die anderen folgten ruhig und unbeirrt seinem Beispiel.

Es gab noch andere reiche und mächtige Klienten. Die Stadt war voller Vampire.

Es gab alle möglichen Sorten von ihnen.

Schließlich war das hier Hollywood.

Russell Winters Enterprises: Der Stuhl fiel vom Himmel, landete krachend auf dem Boden, sprang wieder hoch und zog dabei eine dünne Aschefahne hinter sich her.

Es war noch immer Tag, aber Angel war nicht müde. Erschöpft, ja, aber er wusste, dass er an diesem Tag keine Ruhe finden würde.

Angel saß allein neben dem Telefon. Nach einem Moment dachte er, zur Hölle damit, nahm den Hörer ab, wählte und wartete.

Buffys Stimme drang direkt in sein Herz. »Hallo? Hallo?«

Angel legte auf. In einem Punkt war er sich sicher: Er war nicht zu Tina geschickt worden, um die wahre Bedeutung der Trauer zu lernen.

Ihr Name war noch immer Buffy.

Und die Erinnerungen würden nicht in absehbarer Zeit verblassen.

Doyle kam ins Zimmer. »Was ist mit Russell passiert?«

Angel antwortete: »Er ist ins Licht gegangen.«

»Du scheinst nicht gerade in Partystimmung zu sein.« Doyle sah ihn neugierig an.

Angel zuckte die Schultern. »Ich habe einen Vampir getötet. Geholfen habe ich niemandem.«

»Bist du dir dessen sicher?«

Von oben drang ein Schrei.

Beide rannten die Treppe hinauf.

In Angels Büro, wo sie die alten Schreibtische und Aktenschränke abgestaubt und ordentlich aufgestellt vorfanden. Cordelia, die eins von Angels Hemden mit hochgekrempel-

145

ten Ärmeln trug, hatte Staub gewischt und die Möbel verschoben.

»Aaaaghh! Eine Kakerlake!«, informierte sie sie entsetzt. »In der Ecke. Ein Schwergewicht, würde ich sagen.«

Doyle ging in die Ecke, um nachzusehen, und Cordelia wandte sich an Angel.

»Okay«, sagte sie, »zuerst müssen wir einen Schädlingsbekämpfer anrufen. Und einen Schildermaler. Wir sollten einen Namen an der Tür haben.«

»Okay. Ich bin verwirrt«, sagte Angel gedehnt. »Wieder einmal.«

Cordelia lächelte. »Doyle hat mir von deiner kleinen Mission erzählt, und ich sagte zu ihm, wenn wir den Leuten helfen, dann sollte auch etwas für uns dabei herausspringen, ein Honorar, verstehst du, damit wir die Miete bezahlen können und mein Gehalt ...«

Er starrte sie sprachlos an.

Sie fuhr fort: »Du brauchst jemanden, der alles organisiert, denn du bist nicht gerade der geeignete Mann dafür, Mr. Ich-lebe-schon-seit-zweihundert-Jahren-und-habe-nie-einen-Investmentplan-entwickelt.«

Sein Verstand war vollauf damit beschäftigt, ihre schnellen Sätze zu verarbeiten. Wichtiger noch, sein Herz wurde von dem erwärmt, was sie sagte.

Dennoch fragte er: »Du willst Geld von den Leuten verlangen?«

»Nicht von jedem«, beruhigte sie ihn. »Aber früher oder später wirst du irgendwelchen reichen Leuten helfen, richtig?« Sie sah Doyle an. »Richtig?«

Doyle sagte: »Möglich.«

»Reich mir diesen Kasten«, befahl sie Angel. »Also dachte ich mir, dass wir ihnen auf der Basis einer Fall-zu-Fall-Analyse unsere Bemühungen in Rechnung stellen, während ich für einen Pauschallohn arbeite.«

Angel musterte sie für einen Moment, noch immer damit beschäftigt, alles zu verarbeiten. Für einen Moment sank ihr Mut, und sie sah ihn kläglich an.

»Ich meine, das heißt, wenn du denkst, dass du mich gebrauchen könntest …«

Einen Augenblick lang herrschte Schweigen. Dann reichte ihr Angel den Kasten und lächelte sie liebevoll an. Sie nahm ihn glücklich entgegen und ging ins äußere Büro, wobei sie über die Schulter rief: »Natürlich ist das nur vorübergehend, bis mein unvermeidlicher Starruhm sich bemerkbar macht …«

Gute alte Cor.

Sie ist alles, was von meinem alten Leben übrig geblieben ist.

Doyle sagte: »Du hast eine gute Wahl getroffen. Sie wird deine Verbindung zur Welt sein. Sie gibt dem Ganzen einen menschlichen Anstrich.«

Angel ließ sich nicht einen Moment täuschen. »Du findest sie scharf.«

Doyle war es peinlich, durchschaut worden zu sein. »Oh, sie ist scharf, das lässt sich nicht bestreiten. Aber sie könnte von Nutzen sein.«

Angel sagte: »Stimmt.«

»Es gibt eine Menge Leute in dieser Stadt, die Hilfe brauchen«, fügte Doyle hinzu, wie um den Moment zu nutzen.

Angel gönnte ihm diesen Moment. »Das habe ich bemerkt.«

Doyle war erfreut. »Du bist dabei?«

Angel konnte spüren, wie sich seine Lippen zu einem angedeuteten Lächeln verzogen.

Angel stand wie ein Wächter in der dunklen Nacht und blickte auf die Stadt hinunter. Vor ihm lag ganz Los Angeles. Seine Stadt, die er bewachen musste. Die er beschützen musste.

Es gab vieles, was er nicht verstand. Vieles, was er herausfinden musste.

Vieles, was er fühlen musste.

Viel zu viel davon.

Los Angeles war die Stadt der Träume. Die Stadt, die die

Herzen höher schlagen lässt. Aber auch die Stadt der Tränen.

Als er hinauf zum Himmel blickte, fragte er sich, ob Buffy das Gleiche tat. Ob sie von den gleichen Gedanken beseelt war.

Ob er sie jemals wieder sehen würde.

Ob der Schmerz je aufhören würde.

Aber zunächst würde er Buße tun. Er würde Erlösung finden, nicht durch Gnade, sondern durch gute Taten.

Der Verkehr flutete über die Highways, vorbei an den Glasgebäuden, die im Mondlicht schimmerten.

Der Mond war voll und warm und golden, hing tief am Himmel wie ein Nachtlicht im Zimmer eines kleinen Kindes.

Angel war allein; er war im Grunde immer allein gewesen. Alles andere war nichts als ein Wunsch beim Anblick einer Sternschnuppe.

Oder nicht?

Doyle beobachtete ihn, wie er es oft tat.

»Es gibt eine Menge Leute in dieser Stadt, die Hilfe brauchen«, hatte er zu Angel gesagt. »Bist du dabei?«

Bist du dabei, Angelus, der mit dem Engelsgesicht, oder bist du draußen?

Angel stand im Wind, und sein Mantel flatterte wie Flügel.

Dann drehte er sich um und sah Doyle in die Augen. Er hatte gewusst, dass der Dämon die ganze Zeit da gewesen war.

»Ich bin dabei«, sagte er zu ihm.

148

Buffy – Im Bann der Dämonen

ISBN 3-8025-2754-2

ISBN 3-8025-2750-X

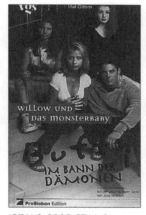

ISBN 3-8025-2711-9

ISBN 3-8025-2699-6

vgs verlagsgesellschaft, Köln

Buffy – Im Bann der Dämonen

ISBN 3-8025-2700-3

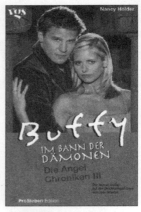

ISBN 3-8025-2715-1

ISBN 3-8025-2749-6

ISBN 3-8025-2716-X

vgs verlagsgesellschaft, Köln